缘来都是爱

那些盛开在青春的缱绻故事

亭后西栗 / 著

中国华侨出版社

序言

从出生，我们就被故事包围，从《拔萝卜》到《白雪公主》，从儿歌到童话，再到那些荡漾着淡淡忧伤、暖暖情愁的青春故事。

小时候，我们以为"幸福地生活在一起"便是最好的结局，长大后才发现，原来还有那么多没有结局的故事，在倾诉低吟。

我们越来越能接受残缺的结局，就像见多了不圆满的爱情。

但那些温暖又珍贵的触动，我们却一路收藏，就像对爱情的追求与渴望，不熄不灭。

于是，我们身边总陪伴着某样东西，它是有故事的，它是我们永远舍不得丢失和遗弃的。

因为它已经不再是它，而是回忆，是憧憬，是寄托，是感情走过后留给我们的全部。

你有没有一张再也不听的CD，一瓶混着回忆的细沙，一个流满过去的水晶球，一叠无处投递的情书？

你总会有些什么的。

因为你是世间万物中最为天神宠爱的生灵，因为你拥有天地间最动人的感情。

我们将自己活成一个个故事，在故事里，万物被我们寄予情感。

而在万物间光芒四射的，恰是泪眼低垂的清眸中，那一颗温暖坚强的人心。

缘来都是爱：
那些盛开在青春的缱绻故事

目录
contents

第一辑
一辈子不长

1. 有一种故事叫冷飕	003
2. 这一杯子	005
3. 会脸红的茶	010
4. 猫眼闪亮	015
5. 剪落香如故	020
6. 镜子公主	025
7. 冬湖的划痕	030
8. 寄给回忆的情书	036
9. 万水千山一行囊	041
10. 会诵诗的房子	046
11. 哭泣的伞	051
12. 他的右手边	056

缘来都是爱：
那些盛开在青春的缱绻故事

目录
contents

第二辑
生命中有太多的擦肩而过

1. 学生证的后时代　　　063
2. 玫瑰花园　　　068
3. 风一样的女子　　　073
4. 天下第一剃　　　078
5. 广角之下　　　083
6. 偷停的摩天轮　　　088
7. 丢失的氢气球　　　093
8. 开往回忆的列车　　　098
9. 靠窗的座位　　　103
10. 火热的冰激凌　　　108
11. 六瓣丁香　　　113
12. 女王与水晶球　　　118

缘来都是爱：
那些盛开在青春的缱绻故事
目录
contents

第三辑
了无心意间

1. 梦中的马达声 — 125
2. 坠落的秋千 — 130
3. 海角细沙 — 135
4. 第十八颗珠子 — 140
5. 心底的沙尘 — 145
6. 薄荷含片 — 150
7. 锁住的钥匙 — 155
8. 刀刻文字 — 160
9. 开门雨不休 — 165
10. 红豆成泥 — 170
11. 弱水三千都是泪 — 175
12. 跳舞的猫 — 180

缘来都是爱：
那些盛开在青春的缱绻故事

目录
contents

第四辑
始见初心

1. 风铃的歌声　　　　　　　187
2. 信笺上的旅途　　　　　　192
3. 红色的百元大钞　　　　　197
4. 听海　　　　　　　　　　202
5. 秘密的最末页　　　　　　207
6. 睡着的紫藤花　　　　　　212
7. 雪花温热　　　　　　　　217
8. 一串中国情结　　　　　　222
9. 倒影弯弯　　　　　　　　227
10. 获奖的 88 键　　　　　　232
11. 一页未染的本子　　　　　237
12. 点墨浓香　　　　　　　　242

第一辑
一辈子不长

一辈子不长,而青春那么短,
我们要好好地,就算回忆带着伤。

第一辑
一辈子不长

1. 有一种故事叫冷飔

> 这是第一个故事，你不需要追问故事的真实性，因为我们本身就是故事。

冷飔的名字里，有个不常用的汉字，所以幼儿园报名处的人叫她冷风思。长大后，她会在上课望天时，被班主任点名回答问题，并微笑地揶揄她："你可以先冷静地思考一下。"

她的答题卡永远只能涂上一个"冷"字，她却拒绝用一个"思"字填补。每次张贴的年组成绩表，前排的位置上，总有一个孤零零的"冷"。于是不知哪个男生在后面填上一个歪扭的"血"，因为那一年，《四大名捕》正在热播。

冷飔对这个新创建的名字并不满意，她逢人便要抱怨一番。终于，一个相熟的男生提起笔，"嗖嗖"三下，将"血"字改成"面"。

冷飔笑了，她非常满意。因为小时候，"冷面"这个词，名列她绰号表的第一位。她真是个怪女孩。其实，"冷血"与"冷面"又有什么不同？谁又知道她就是那个没有名字的人，那个很多同学都想见识一下的人。

冷飔很早就知道，没有名字，就像她那奇怪的名字一样，必定会引人注目。她已经习惯了奇怪与特别。于是，她还未成年便离开了学校，跟着家人爬滚进文字行业。

外面的世界，总不如照片中的港湾那般风平浪静。当冷飔回来时，除了有些疲惫和消沉，更多的是忧虑着自己的未来。

在寻找路径的过程中，冷飔遇见了兼职的网编"鱼子"，因此，又认识了全职的编辑默汐。大概是时机运势的刚好，有了与默汐等人的接洽，于是连载、投稿、审核、缩稿、出版，一气呵成。

一个月前，冷飔拿到了她的第一本原创出版物。那时，鱼子已经隐出了编辑圈，但她还是会问："栗子，你的书出版了吗？"

"已经拿到了。"

"好快啊！"鱼子感慨地说，"默汐捡到宝了。"

冷飔仿佛看到，小鱼子姑娘那双鱼子颗粒般晶亮的眼睛，在屏幕的那一边闪着光。她敲击在屏幕上的字，也一样在闪光："你知道吗，你要出版我不知道多有成就感。我觉得自己好幸运，遇见你整个人生都圆满了。"

能成为别人生命中这样的一个人，冷飔也觉得好幸运。因为，在最初的消沉中，是"鱼子"鼓动她试试看的，用那种小孩子般的欢快与热情。她会永远记得她，那个像鱼子颗粒一样亮晶晶的小女孩。

2. 这一杯子

有些东西，总让我们难舍难忘。

可是，当它不小心离开，我们却慢慢释怀。

阿柔和前男友分手时，唯一留下的就是他送的那个杯子。

圆胖的造型，白瓷的剔透，杯肚上还有淡黄色、淡蓝色的花彩，那些印象派的形状，像花瓣，也像游鱼。

男友在她家里留下很多东西，他用的，他买的，他送的，都被阿柔赌气一样全都提到楼下，扔进了垃圾箱，独独这杯子还在。

说是留下，其实并不是阿柔故意。只是这杯子藏得太深，在分手后整理东西的狂潮中，被遗落得很彻底。

阿柔清楚地记得，她发现这杯子时心里的惊讶、悸动和酸楚。

那是一个阴天的周六下午，阿柔在两点钟吃完迟来的午饭，慢腾腾地走向碗柜。

小风打来电话，问她有没有多余的茶具，要借用一下。阿柔记得，自己在爱情甜蜜的那几年，置办了不少高品质的用具，其中就有成套的茶具。

她从餐桌旁拖过一把椅子，站了上去。碗柜的上面一层，是她的精品和藏品。当阿柔扯住纸盒的把手，将纸盒拖出碗柜时，她瞥见碗柜角落里那片不起眼的白色。

厨房的灯光斜斜地射进碗柜，阿柔一下愣住了……

为了这杯子，她那一盒在景德镇花了几千买回的茶具，在厨房的瓷砖上，摔得粉碎。大概是心疼那几千的代价，阿柔才没有扔掉它。

她觉得应该扔掉它，但心里却没来由地酸涩着。分手三个月了，家里所有的摆设都被她狠狠地"消了毒"，而这杯子成了那个男人留给阿柔的全部。

阿柔用那杯子，喝着每天早餐的牛奶和晚间的花茶。每次端起这个胖胖的杯子，阿柔都会不可遏制地想起前男友那胖胖的腰板。拥抱的时候，虽然用手臂环不住，但触感却很舒服。

杯子是他们刚认识不久时他买给她的，大概是要庆祝她又成功地减掉了三斤体重。算起来，到现在，也是很多年。

当时阿柔太喜欢这杯子，所以一直收着没舍得用，没想到收着收着，就忘记了，没想到忘着忘着，他们就分手了。

人都是这样，习惯了走一步看一步的风景。阿柔心里想着，小心地洗着杯子，用手指揉搓着杯底那个蓝色的"柔"字。

阿柔是个有些念旧的人，虽然她擦除了前男友的一切痕迹，可心底里，还是忘不了。她会怀念他们一起走过的柳树之下，那晃动着的阴影，也会怀念在假日的清早，照在两人脸上的、郊外明媚的阳光。

她甚至会怀念一些他们没有一起做的事。比如，他们没能一起去新开的餐厅，他们没能一起喝到的暖茶，抑或是他们分手后才巡回展览的外国名画。

前男友，还活在阿柔的记忆中，每次看到新的东西，阿柔都会习惯性地从脑海里召唤出他，陪着她一起，或是听她哀叹他们已经不在一起。

只可惜，这种仅存在记忆中的生命，只会重复着过去；而那些过去的，毫不留情地缠绕着现在，让现在也变得苟延残喘起来。

很快，阿柔发觉，自己只要一端起杯子，就会想起他，仿佛他就住在这小小的杯子里。

可是有一天，杯子碎了。也许是阿柔不小心，也许是杯子像他一样想离她而去，总之，它摔在地上，粉身碎骨。

阿柔哭了，哭得七零八落。自他走后，她已经快半年没有这样号啕大哭。

整整一夜，阿柔都窝在床上抽噎，甚至连她自己也不明白，为什么一个杯子碎了，她哭得比人死了还要伤心。其实她也是知道的，对于自己来说，杯子，就是他，杯子碎了，他也死了。可是已经开启了的记忆，不会就此停下，更不会善罢甘休。

阿柔仿佛丢失了灵魂。她总是一个人哭泣，总是整夜整夜地合不上眼，她也开始经常上班迟到，工作总是一塌糊涂，错误百出，于是阿柔辞职了，她把自己关在家里，祭奠她留不住的爱情，反复温习他说过的，要宠她一辈子……

阿柔瘦了，憔悴了，就像一片秋天的叶子，轻飘飘地挂在枝头，只要一点风波，就能将她的世界吹得天旋地转。其实她忘了，她只是打碎了一个杯子。

"阿柔，你这样可不行，再这么下去，你会早早死掉的。"小风警告她。

"嗯。"阿柔只是静静地点头，脸上却呆呆的没表情。

"阿柔，你记得蓝凯吗？你记得当时的我吗？"

阿柔又点头，眼睛却还是盯着餐桌那光滑的表面。

"你看我，不是也活了过来吗！你要打起精神，好好过。"

阿柔还是点头，小风终于不吭声了。

阿柔也不想这样。她思前想后,好像终于明白了问题出在那个杯子上。

既然杯子碎了,那就再买一个好了。

阿柔去了超市,去了家居商场,去了小商品市场,去了杂货铺,去了他们一起逛过的小街,和前男友家附近的街区商铺。回家后,她又在淘宝、电商里一页一页地搜索查看。结果一无所获。

每一次寻找,每一声询问,都是用满心的希望换满脸的失望。阿柔觉得好累,累到不想动,于是她躺倒在他们曾一起睡过的舒适的大床上,发着朋友圈:"我的杯子丢了,这辈子,再也找不回……"

图片,是曾经拍下的那个圆胖的杯子。不一会儿,那条动态新添了回复:"阿柔,我家这边有个小店,好像有卖这种杯子。"

八个小时后,文英和哥哥文强在几千里之外的机场,接过了阿柔手中的行李箱。

"阿柔,你瘦了。"文英说。

"英,你说的那家店在哪里?"

"离我家不太远,不过现在应该已经关门了。"

阿柔心不在焉地点点头。

第二天一大早,文英还睡着,阿柔便穿好了衣服打算出门。

"阿柔,你要去哪里?"文英的哥哥问。

"去买杯子。"

"你不认识路,我送你吧。"

阿柔下车时,小店的老人正在费力地拉开铁门,阿柔上前去帮忙。

"谢谢你!"老人和善地笑笑。

"老人家,我想买这个杯子。"阿柔拿出手机给老人看。

"哦,有的有的,进来吧。"

这家店不大，东西摆放得也杂乱，在正对店门的桌子上，阿柔见到了她朝思暮想的杯子。它还是圆胖的形状，静静地蹲在那里。

阿柔一把拿起杯子，习惯性地翻转过来。杯底上，是空空的白色。阿柔忽然失落了，这不是她的杯子。可是，这确实又是她远行千里拼命在寻找的杯子。

"不称心吗？"老人慢慢地问。

"啊……是啊……感觉……很奇怪……"阿柔低低地回答。

"喔喔，这里还有别的杯子哦，还有很多其他的，仔细看看吧，一定有你喜欢的。"

阿柔握着杯子的手指忽然颤了一下。她茫然地环顾四周。

她正被很多稀奇古怪的小物件环抱着，清晨的阳光从窗口照进来，一切都看起来是那么美妙。可刚才，她一心想着杯子，却什么都没看到。阿柔忽然觉得松了一口气，心情也由内向外地轻快起来。她轻轻地将那个圆胖的杯子放了回去。

"阿柔，买到杯子了吗？"当阿柔提着一个大袋子回来时，文英问。

"没有，那款卖没了。"

"呀！真是可惜！"

"不会啊……"阿柔笑得很温暖，"还有很多更好的……"

是的，这世上永远有很多东西，比一个摔碎的杯子，和一个离你而去的人，更加美好。

3. 会脸红的茶

> 错过你,就像错过旅途中的告示牌。明明那么大,那么醒目,我们却依旧挥手错过。

小风最喜欢喝茶,但小风更喜欢蓝凯。

六年前,小风是喜欢蓝凯的。这件事,蓝凯知道,阿柔知道,秦胜知道,认识小风和蓝凯的所有人都知道。就算你不认识小风也不要紧,你只消看一下她投向蓝凯的那热诚的眼神,便也知道了。

蓝凯喜欢踢足球,小风就喜欢看他踢足球;蓝凯喜欢上课睡觉,小风就喜欢看他上课睡觉;蓝凯不喜欢写作业,小风就喜欢替他写作业;蓝凯喜欢走路手插着兜,小风就喜欢看他手插兜走路的样子。

总之,小风是喜欢蓝凯的,甚至连小风的妈妈也知道。"小风,你要好好念书,争取和蓝凯考同一所学校。"每到这时,小风的脸总会"腾"地一红。

老师也知道了。"小风,你们现在都处在人生最重要的阶段,我希望你能正确地对待这种感觉,让它对你有所帮助。"小风总是低着头,然后使劲点头。

每次蓝凯对小风微笑,小风都会脸红,可她自己却总是对着蓝凯笑得像朵怒放的鲜花。小风不笨,但蓝凯比她聪明一点点,不管是在学业上,还是在感情上。

"蓝凯，小风也不错啊，多活泼的女生啊！"每当有男生这样说，蓝凯都笑笑。

有一天，蓝凯拿了一张小小的照片，给他的好兄弟秦胜看了一眼。蓝凯说，那是他喜欢的女孩。

"挺正点，可她现在在哪儿？"

"在国外。"

"哦……有钱人。"

蓝凯没作声。

"不过你家也不穷！"秦胜拍拍他的后背，心里却不知为何替小风难过了一下。

小风一直不知道，蓝凯心里有个照片中的姑娘。因为蓝凯是个好心肠的人，而秦胜是个不愿泄露朋友秘密的人。

"蓝凯，你以后要考哪所大学？"有那么一天，小风趁着课间，大着胆子走上来问。

"怎么想起来问这个？"蓝凯靠在书桌上，看着小风变红的脸，友善地微笑着。

"嗯……因为……我想跟你考一样的学校啊！"

小风的眼圈忽然红了，声音也紧得厉害。天知道这句话在她心里重复了多少次，才能这样轻描淡写却又撕心裂肺地说出来。

"真是笨！"蓝凯笑了。小风愣住了。

"你以后要学文的对不对？""嗯！"

"我以后学理的对不对？""你是说过。"

"每个学校的专业都有侧重，我们一个学文，一个学理，又都想找个好一点的学校，怎么可能凑到同一所学校呢？"

"可是……"小风的眼泪打着转，倔强地不肯落下。

"不然这样吧……我们考到同一个城市去，你说怎么样？"

幸福来得太突然，小风张口结舌了半响。"好……好啊！"

蓝凯，他真的答应了！小风在自己的心里，欢腾跳跃了无数次……

蓝凯的留学计划是在高三伊始启动的。

"老师，我留学的事，可不可以暂时保密？小风她……"

4月下着雨的那一天。小风撑着伞，去看蓝凯踢球。她在雨里站了整整两个小时，冰凉的水汽，领着风，一直吹进她心里。蓝凯告诉她，他周末就要走了。

不是说好的，要考到同一座城市，继续做同学吗？不是说好的，等毕了业，就能毫无顾虑地出去玩吗？不是说好的……

小风喝很浓的茶，熬很晚的夜，但她还是考砸了。所有人都替她惋惜，只有她不觉得，因为她要惋惜的事太多了。

当她一个人迎着浴室的蓬头号啕大哭时，当她在街上追逐一个像他的背影时，当她拼命在他再也不会用的书桌上刻满他的名字时，她的心早已不再有感觉——对他，也对自己。

"爸，妈，对不起，让你们失望了，我想复读……"

那年的寒假，秦胜从外地回来，听说小风在找他。

"小风，你变了……"

坐在秦胜对面的小风，脸色苍白，眼神涣散，她已经不会笑了。"蓝凯他……"小风的眼圈一红，那颜色就像她曾经最爱红的脸庞。

"他在国外呢，一时半会儿也回不来。"

"我不是说这个……告诉我，你是不是早就知道他不喜欢我？"

"他……"

"你到底知道什么?"小风的声音歇斯底里。

"他有喜欢的女孩,那女孩,那个人在国外。"

"那他……他们……"小风没有勇气再说下去,她长长地叹了口气,眼泪却不争气地流了下来,在脸颊上,留下长长的水痕。

"秦胜,替我转达对他们的祝福!"小风就像一阵风,匆匆消失在秦胜眼前。

秦胜很想告诉小风,蓝凯照片里的那个女孩已经有了自己的男友,而那个男人不是蓝凯。可是那样,蓝凯就是喜欢小风的吗?

"我没奢望过他喜欢我,我只是想喜欢他,可是为什么,为什么他要骗我……"小风抱着阿柔,拼命地哭着。她真的不明白,阿柔也不明白;她是真的不甘心,阿柔也不明白。

六年后,小风一个人上课,一个人下课,一个人吃饭,一个人复习,一个人睡,一个人醒。终于,她毕业了,安静地找了份工作,安静地上班,安静地贴补父母的家用。

蓝凯一个人回来了,他说他以后不走了,他说想和同学们聚一聚。大家都去了,连混得最惨的家里蹲少年都去了,唯独小风没有。

她说,她现在的生活很好,一个人待久了,不太习惯热闹的聚会,她说,她已经习惯了一个人的生活,泡茶,品茶,安安静静地坐着。

小风是同学里第一个结婚的,她的丈夫是名茶艺师。那男人有淡淡的微笑,淡淡的眼神,连声,也像他泡出的香茶,浅浅淡淡。但他手上的人民币,却是花花绿绿的鲜艳。

结婚那天,蓝凯也来了。他出现在婚礼之前,拉着小风,说了很多。

他瘦了许多,当年结实的肌肉如今也松软下来,像装不满的沙袋,只剩旧日光景。他喝了酒,念叨着这些年在国外的不如意,抱怨着真心相待的人没几个。小风只是微笑地看着他，静静地听着。

"小风，我并不是想要骗你，我只是以为，我喜欢的人是她。"蓝凯从内怀掏出一张破损的照片，照片上的女，容光焕发地笑着。

"她真美……"小风淡淡地说。

"是啊……"蓝凯的声音，染了苍凉。

"她值得你喜欢。"小风却还是淡淡的，就像摆在茶盘里的那杯清茶。

"你知道吗小风，你一定以为我像王子一样和公主过上了快乐幸福的生活，一开始，确实是这样，但是很快……"

蓝凯的故事毫无新意，甚至比茶杯里的清茶还要淡。因为所有的公主都只会喜欢更高、更帅、更有钱的国王，而当王子远隔千山万水终于回到最初的起点，那曾经苦苦守候的美人鱼却嫁入了水晶宫。

"小风……你……还喜欢我吗？"当婚礼的乐声响起，蓝凯忽然拉住小风的手问。

"我和你一样。"说完，小风在蓝凯绝望的凝视中，缓缓地走出房门，走上了鲜红的地毯。

蓝凯，我和你一样，都在最美好的年纪遇见了自己最爱的那个人。
蓝凯，我和你一样，都将自己最美好的梦想和未来，押在那个人身上。
蓝凯，我和你一样，都用漫长的等待，明白了那个人不值得等待……
就像茶盘上那一杯清茶，慢慢转凉。

4. 猫眼闪亮

> 我们恐惧的，永远在身后徘徊；我们期待的，却总在远方闪耀。

秦胜是个胆小鬼。虽然他的名字很像"陈胜"，但他总少了人家揭竿抗秦的勇气。他怕猫，怕狗，怕生人；怕爸爸，怕妈妈，却更怕独自一人在家。

可惜，他的父母都要工作，每个假期，秦胜都是独自一人在家。于是那或炎热或冰冷的假期，也因为从心里涌出的害怕，变得无比漫长起来。

每每有查煤气、查水表的喊叫声在楼道里响起，秦胜总会紧张地看向房门。那包着铁皮的斑驳木门，被不知谁的大手拍得震天响。

啥啥啥！敲门声那么大，震得秦胜的心脏都停了。

秦胜不记得几岁时，家里换了防盗门。黑漆漆的铁皮，很气派。最有趣的，是门的上方有个洞。爸爸说，它叫猫眼。妈妈说，那是门镜。

秦胜要踮起脚尖，才能看到那洞。爸爸说得没错，确实像猫眼。据说，这个洞能让屋里的人看见外面，但外面的人却看不见里面。真是个让人安心的洞。

秦胜不怕了。原来所有的恐惧都来源于对门外的未知与臆想。因为看不见，便会想象出一个庞大的身影，强壮的手臂，狰狞的面孔，就像他印象中那些冷漠的、不喜欢对小孩子笑的大人们。可是现在从猫眼里，他能看见他们。

查水表的阿姨，总爱把鬓角的头发拢向耳后，她总是一边敲，一边拢；查煤气的叔叔很年轻，白净的脸，鼻梁上还架着眼镜。可他们敲门的声音，都是那么大，那么震天响。

秦胜也会看到，楼上的奶奶买了芹菜提回家，楼上的小哥哥带着小狗到楼下去玩。他看到了他们的生活，在他们不知道的时候。

直到有一天，秦胜家隔壁的房子搬来了新邻居。

那是秦胜升初中的那个夏天，没有作业，没有返校，暑假那么长。

隔壁的邻居，是一个长得挺好看的阿姨，和一个文质彬彬的叔叔。秦胜觉得，他的新邻居长得和查煤气的叔叔很像，可那个叔叔现在已经不来查煤气了。每天，他都能看到隔壁的邻居出门上班，之后，便是漫长的一整天。

秦胜仿佛出现了幻听。好像总有人在他耳边呜呜咽咽地啼哭，而且还是个女人的声音。

秦胜害怕了。他开始整天在家里转悠，想找出哭声的来源。可是没有用，哭声还在继续，家里却空无一人，猫眼下，也是空荡无物。他怕到不行，终于忍不住给大伯家的堂姐秦川打电话。堂姐却在对面笑弯了腰。

"幽泣幻听？秦胜你是不是鬼故事看多了。啊哈哈哈哈……"

"不是，姐你不要笑！我真的听到有人在哭，时断时续的。"

"喏，也许是邻居家的声音，别那么紧张，都什么时代了，还这么迷信！"

堂姐忙着出去见男友，匆匆挂了他的电话。但堂姐的话，却提醒了秦胜。

隔壁邻居家？这也是可能的，因为以前每一年的假期，秦胜都没有听到过哭声。于是他像做贼一样，悄悄走到门口，向外看看，之后打开房门。

那是一个闷热的下午，楼道里静静的。秦胜努力地侧耳细听，好像真的有若有若无的哭声从隔壁邻居家的门里传来。忽然，楼上响起开门声，秦胜又吓得急忙缩回去。

"爸，隔壁住的是什么人？"晚饭时，秦胜到底没忍住，去问父亲。

"隔壁？听说那男的是个老师，女的不知道。哦，对了，据说他家有个女儿，比你小一点……你怎么想起来问这个？"

"没什么，就是问问。"

秦胜开始疑神疑鬼起来。说有个女儿，为什么从来没见过？屋子里总有哭声，是不是他们虐待那女孩了？是不是那女孩根本就不是他们的亲生女儿？

站在猫眼后，秦胜忽然想去敲敲那扇紧闭的房门。

在暑假过去一半时，秦胜真的鼓起勇气，去敲那大门。他浑身都在发抖，手更是抖得厉害，第一下，连声音都没敲出来。

咚咚咚！

他敲了几声，门里响起了轻轻的脚步声。接着，一个小小的有些沙哑的女声问："谁？"

不是鬼。秦胜的心落了一大半。

"我是隔壁的邻居。"

"什么事？"

"没有事，我想问你是不是哭了？"

"多管闲事！"又是一阵脚步声，这次，是走回房子深处的。

秦胜觉得没趣，也回了家。

之后的几天里，隔壁都安安静静的，没了那种幻听似的哭声。秦胜反而觉得很不习惯。那天，看着那对夫妇出门上班，秦胜便迫不及待地走出去，敲响了隔壁那扇大门。

咚咚咚！

轻轻的脚步声响起。

"谁?"还是那个声音,却不那么沙哑。

"我是隔壁的邻居。"

"什么事?"

"没有事,我想问你怎么不哭了?"

"神经病!"脚步声又回去了。

秦胜立在门口哭笑不得。平生第一次,秦胜切身体会了女人独有的不能理解和不可理喻。

又过了几天,还是没有哭声。秦胜开始坐立不安。之前将他折磨到失眠的幽泣幻听,忽然成了一颗不可或缺的安定融化在夏日的阳光下,遥不可及、不知所踪。于是,他再次站到了邻居家的门前。

咚咚咚!

轻轻的脚步声,还是那个声音:"谁?"

"我是隔壁的邻居。"

"什么事?"

"没有事,我想问你之前为什么哭?"

门里的人没有回答。忽然,那声音惊呼:"你家的门!"

同时,秦胜感到一阵风吹过。他忙回过头,刚好看到他身后开着的大门,夹带着风声关上。"砰"的一声,秦胜愣住了。

他只穿了背心和沙滩裤,脚下踩着拖鞋,还没有刷牙,连钥匙都忘了拿。现在是上午九点,到父母回来,还有漫长的九个小时。

门里忽然传出一阵轻笑。秦胜脸一红,正要转过身藏起自己那副傻瓜一样的神情,不想,面前的门却开了。一个穿连衣裙的女孩站在门里,笑眯眯地看着秦胜。

她的笑容没有丝毫取笑他的意思,但秦胜的脸却更红了。他在原地定了十秒钟,终于想出该怎样问好:"天啊,终于知道你长什么样了。"

"啊,我可早就知道你长什么样。"女孩说。

"你怎么知道?"秦胜一惊。

女孩笑着指指门上:"猫眼啊!"

接着,她转头看向他。"不过,你比在猫眼里看着顺眼多了,要不要进屋坐坐?"

秦胜愣住了。

那天的午饭,秦胜是在小欣家吃的,他吃了很多,吃完还拼命打着饱嗝。

小欣比秦胜小一岁。她长了一双猫眼:圆圆的,大大的,亮亮的。小欣告诉他,她哭是因为害怕。

"那后来怎么不哭了?"

"因为我发现,原来有一个和我一样孤单的人,就住在隔壁……"

"那你干吗还说我是神经病?"

"那是因为,从猫眼里看,你就是个矮矮的傻胖子。"小欣开心地笑着说。

她圆圆的猫眼眯起来,雪白的牙齿,映着白皙的皮肤,在夏天的阳光里格外闪亮。

秦胜不记得自己那天是怎么回到家的。他只记得,从那一天起,他的人生便不再有"害怕"二字,从那天起,他开始用尽全力,将"孤单"这个词,从小欣的生活中彻底抹掉。

原来,无论未知还是磨难,只要你正被人需要,便可以不害怕。

原来,无论痛苦或是欢乐,只要还有人和你一起,便是不孤单。

5. 剪落香如故

> 相逢擦肩，只是这世上一瞬间的故事。而放弃与忘记，却是我们一辈子逃不出的梦境。

当堂弟秦胜第一次见到他妻子小欣的那个夏天，秦川正与自己的第一个男友如痴如醉、如火如荼、如诗如梦、如胶似漆地浪漫着。

秦川喜欢历史，喜欢古诗词，她给堂弟取外号"小陈胜"，又给初恋男友取名"汉阳树"，因为"晴川历历汉阳树"。秦川总盼着，自己的人生能只经历这一棵树。

那一年，秦川18岁。那一年，秦川将头发梳起，等待长发及腰，嫁为人妇。

可惜的是，人生能够择一城终老，却很难共一人白首，秦川也不可能守着一棵树吊死。于是在六年后的初冬，那棵汉阳树，便从晴阳普照的平川，迁到潮湿润泽的苗圃去了。

秦川不想怪他，她告诉自己，也许是因为她自己的火暴性格，让汉阳树忍受不了曝晒，才想到要迁居的。可是秦川怪他，她满怀怅恨，在初冬还未落尽的树叶下，一个人号啕，一个人看自己呵气成云，泪水成冰。

这是一个悲伤的秋末冬初，整个世界都在变冷，就像秦川的心脏，在慢慢变凉。

这个冬季，是秦川 24 岁的尾声，她却疯狂地买了好多好多的红衣服。

"秦川，要本命年了吗？"不相熟的朋友常常问。

秦川总会点点头。她要一直穿着红色，她要留住这一年，她打定主意，一生只为这一年。

为了怀着一颗破碎的心坚韧欢快地活下去，秦川尽自己的努力，做了殊死挣扎。

冬天里，汉阳树竟然开花了，它将花朵的香影，洒向苗圃湿润的土地，它要用强有力的怀抱，拥住那个秦川做梦也在恨着的女子，在圣诞节那天，走向婚姻的殿堂。

秦川要恨死了，也要死了，她将自己锁在房间里，不吃，不喝，不睡觉；她走在叶子落尽的街道，不停，不歇，不回家。她将自己的生活过得乱糟糟，一如她不知多久没有清洗的长发，仿佛她眼内无法消除的血丝，恶狠狠地纠缠着过去的回忆。

终于，秦川辞职了。

"小川，出去走走吧。"涵冰在电话里劝她。

"有什么可走的。"秦川闷闷地反问。

"随便去哪儿都行啊，去个陌生的地方，花花钱，逛逛街，看看风景。"

"再说吧。"

"去吧去吧！你一定要抢在那混蛋的蜜月旅行之前出发，做最漂亮的秦川！"

蜜月旅行……涵冰不会知道，她在电话里豪迈说出的这四个字，在秦川心里掀起了怎样的惊澜。秦川曾无数次幻想，她和汉阳树婚后要去哪里度蜜月。希腊、意大利还是法国？

也许是秦川在大学时的第二外语是法语，所以那个关于法国的蜜月之旅，总是最常被她梦想和期待的。那么，就去蜜月旅行一次好了，一个人，带着行李箱。

秦川连滚带爬地申请到旅游签证，又连滚带爬地查攻略、订机票、找酒店，终于在圣诞节前夕，在汉阳树玉树临风地迎娶他的新娘之前，降落在巴黎地表。

她没有任何旅行计划，也没有任何时间安排，她只是浑浑噩噩地住进订好的酒店，躺在床上，看日历被巴黎冬日的阳光一天天翻着，等着它一直翻到回程机票上打印的那个日期。

"小姐，你应该到河畔走走。"忽然有一天，来送早餐的服务生操着一口纯正的法语对她说。秦川抬起头，用一种难以置信的目光看着服务生。

"不懂法语？"服务生换了英语继续说，"这个冬天很温暖，你真的应该到外面走走。那服务生很年轻，长着雀斑的鼻子，卷曲的短发，单纯友善地看着她。

秦川笑了。"我知道了，谢谢你。"

虽然秦川的法语能说得和服务生一样流利，但不知为什么，她说的是英语。

当第二天早上，秦川用红色的大衣裹紧自己，穿戴整齐走过大堂时，她看到那个服务生在向她微笑，这让秦川的心脏忽然暖了一些。

就这样，她怀了一颗稍有温度的心脏，来到塞纳河畔晒太阳。在左岸扎堆的咖啡屋中，秦川绕来绕去，遇见了一间名叫"恒·爱"的花店。

塞纳河的左岸，仿佛就是为咖啡而存在的，连这间不大的花店，也供应咖啡。秦川穿着红色的大衣坐在外面的椅子里，手捧着一杯滚烫的咖啡，看着店主忙碌着。

店主是个微胖的女人，有着小小微翘的鼻子，蓝褐色的眼睛，和长长的法式褐色头发。最吸引秦川的，是她手中那把大大的花剪。手柄上生着锈，其中一头的剪尖已经断掉，光秃秃地在一声声"咔嚓咔嚓"中来回反复。

店主正忙着给一束百合修剪茎叶，发现秦川目不转睛地看着她，她友善地笑了笑。于是秦川拖着椅子，凑到女人旁边坐下。

"我叫秦川，中国人，我该怎么称呼你？"

"莱赛尔。"女人笑笑，圆圆的脸，很温和。

"莱赛尔？"

"有点男性化，不是吗？"莱赛尔笑起来，手里的剪刀也在阳光下微微晃着，"我的外祖母起的，她很喜欢这名字，我也是。"

"我也喜欢。"

"其实没关系，你不必非要喜欢。"莱赛尔满不在乎地回答。

"不，我现在开始喜欢了。"秦川笑了。

"谢谢你。"莱赛尔又低头修剪起来。

"能给我说说这把剪刀吗？"

"啊！与众不同，是吗？"

"是谁留给你的吗？"

"是我的外祖母，这把剪刀已经有四十年啦！她用过，我和妈妈也用。"

莱赛尔停了一下："你知道这把剪刀的故事吗？"

"我很想知道。"

莱赛尔的外祖父是二战时的一名空军飞行员，当他阵亡的消息传来时，外祖母用这把花剪剪下自己的头发，埋在了他的身边。而莱赛尔的父母，也有着同样的故事。

"我们喜欢将自己留了多年的头发剪下来，让它陪在最爱的人身边，直到永远。"莱赛尔解释说。

秦川疲惫地笑着："可是莱赛尔，我已经没有最爱的人了，剪下的头发怎么办？"

"可以丢在河里，让河水带它走。"莱赛尔看着秦川，"要我帮忙吗？"

离开花店时，秦川手里多了一本旅游指南，还有一束漆黑的长发，用漂亮的红丝带扎着。走过最负盛名的古老新桥，秦川用力抛出了她的头发。

她看见那红色在空中划出完美的圆弧，最终，渐渐沉落，渐渐被冰冷的河水吞没。

秦川的后颈空荡荡，有些冰冷，如同她滴落在脸颊的泪水，一如她的爱情，零落成泥"剪"作尘，只有香如故。

再见到莱赛尔，是在一个月之后。彼时的秦川，按照莱赛尔的推荐，已经在法国游荡了整三十天。现在，她该回国了。

当秦川拿着那本翻了几百次的旅游指南回到花店门前，却愣住了。面前的莱赛尔和她一样，失去了长发。

"莱赛尔……"

"欢迎回来。"莱赛尔依然笑着，脸上却有一丝疲惫。

"你的头发……"

"我的丈夫……就在五天前……"莱赛尔走上来迎接秦川的拥抱，眼泪却毫无征兆地落在她红色的大衣上。

总有些回忆，会想要永远留住。就像秦川的桌前，一直一直摆着她和汉阳树的合照，就像莱赛尔后来对秦川说，她常常会梦见她和丈夫的曾经。

原来拥有谁，失去谁，真的只是这世上一瞬间的故事；可是放弃谁，忘记谁，却是我们一辈子逃不出的梦境。

6. 镜子公主

你活在镜子里，在那个世界里，你是自己的公主。可是，你的世界里，没有王子。

涵冰喜欢照镜子。非常喜欢。也许是因为从小学习跳舞的原因，涵冰对镜子有着一种特殊的感情。她的卧室有镜子，桌上有镜子，书架里有镜子，连浴室的蓬头对面，也挂着镜子。仿佛只有被镜子包围，只有随时能看到自己在镜中的影像，她才能安心。

涵冰很自恋，她像所有故事里的女主角那样，高傲冷漠；涵冰很自卑，她像所有世界上的普通女孩一样，质疑着自己的五官。

"鼻子再挺一些，鼻翼再窄一些就好了……眼睛再大一点，眼尾再长一点就好了……嘴巴再小一丝，嘴唇再薄一点就好了……"她总是嘟囔着。

"那你就学明星那样去整容好了！"她的损友洛洛经常这样说。

"那可不行！真的整毁容了怎么办？现在这样就挺好，挺好的。"

话虽这样说，可是每次站到镜子前，涵冰依旧要对自己的五官指手画脚一番。

涵冰总是随身带着一面小镜子，她把镜子放在包里，有时候，干脆揣在衣服口袋里。

那是她大学时的前男友送给她的生日礼物。涵冰清楚地记得，那个男孩当时说："我想了很久，最后决定送你一面镜子好了，这样，你随时随地都能看见世界上最美的一张脸。"

涵冰也记得，为了这话，当时的她笑得像花一样。她之所以记得，是因为那男孩抓拍了一张她的照片。

涵冰将照片剪成圆形，贴在镜子的其中一面，这样一来，每次打开镜子，她就能同时看到两个自己。照片里的涵冰，笑得好幸福，而现实中的她，笑容却越来越少。

大学还没有毕业，他们就分手了。分手的理由，似乎是他们不合适。涵冰不知道那男孩说的合适是什么意思，她也不想知道。

分手那天，涵冰将镜子摔到地上，转身哭着跑掉。半夜里，她又扯着洛洛，溜出宿舍，打着手电在学校几百平米的绿地上，一寸一寸地寻找那个小镜子。结果当然是没找到。

不知是因为丢了镜子，或是因为丢了爱情，涵冰大病一场。后来，忘了在医院躺到第几天，洛洛来看她，还带来了那面镜子。

"你找到的？"涵冰问。

"不，是他捡走的。"洛洛说。

一丝痛楚，带着咸湿的温度，从涵冰的眼中流淌出来。

"听说你病了，他让我把这个还给你。"

涵冰点着头，接过镜子："他还说什么没有？"

"没有，他只是说，幸好镜子摔在草地上，没有摔碎。"

涵冰的手紧紧握住这面小镜子，闭上眼睛。从此，她总是随身带着这面小镜子，放在包里，或者干脆揣在衣服的口袋里。可是，再怎么精心，镜子也有摔成碎片的时候，就像再怎样经营，爱情都会有走到尽头的可能。

那天，涵冰的镜子碎了。

那是在毕业之后的地铁上。周末的早上，车厢里人不多，涵冰抓着扶手，看着地铁一站一站地向公司开去。她要去加班。地铁停了又走，走了又停，门打开又关上。

涵冰百无聊赖地从口袋里摸出镜子，打开来。她看着镜子里的自己，也看着照片里的自己。有时候，她甚至分不清，是自己在照镜子，还是照片和镜子在凝视自己。

关门的提示音"滴滴"响起，一个黑影冲进了车厢。

"砰"一声。涵冰整个人都被撞得退后好几步，手中的镜子直飞向车厢内壁，"啪"一声撞在车厢的内壁上，又"咔嗒"一声，落在地上。

涵冰连惊呼出声都忘了，她看着镜子的碎片一块块散开，在车厢的灯光下，闪着光。一时间，涵冰竟有些难以接受。她的镜子，就这样碎了。

"对不起，对不起！我跑得太急了，没有收住脚！实在对不起。"

涵冰慢慢转过头，撞她的是个年轻男人。她转回身，在地铁的晃动中走到车厢中部，蹲下身子，去捡那照片和一地的碎片。

"对不起，你不要捡了，我再买一个赔给你，不要捡了，当心划伤。"男人说着。他想上前安慰一下涵冰，却惊讶地发现，涵冰已经泪流满面。车厢里仅有的几名乘客好奇地看着两人，看着涵冰兀自呜咽，看着那男人手足无措。

到了下一站，车门才刚刚打开，涵冰就冲出车厢，躲到站台的卫生间里，放声大哭。

等涵冰走进办公室时，她迟到了整整一个小时。走到办公桌旁，涵冰愣住了。桌面上，端端正正地放着一面小小的镜子，下面还压着一张字条，写着"对不起，在地铁里撞到了你"。

涵冰放下字条，环顾大大的集体办公室。刚才的那个男人，她认识吗？

涵冰想了很久，也记不起自己在哪儿见过那个男人，想得久了，她甚至有些记不清那男人的相貌。她的脑海里，除了自己在镜中的面孔，只剩下前男友一人。

可是，无论涵冰多么留恋过去，现实也不会放过她。从那天起，她的桌上不断地出现各种小礼物。到最后，竟摆了一束玫瑰花，花束上的卡片写着："今天，我会在众人面前，郑重地向你求婚，希望你会答应。"

涵冰整整一天都坐立不安。她说什么也记不起，那个撞掉她镜子的人是谁。直到那个男人在下午的五点二十分，举着大捧的玫瑰花，在众人簇拥下跪到她面前，对她说着"涵冰，你愿意嫁给我吗"？

"对不起，我……我根本不认识你啊……"涵冰结结巴巴地说。男人的脸就在眼前，可涵冰依旧想不起他是谁。

众人僵在当场。那个名叫冯同凯的男人，只愣了一下，旋即笑着举高花束，问涵冰："那么，今晚一起吃饭，可以吗？"

晚餐的餐厅，冯其实早已订好。

坐在紧挨镜子的座位上，涵冰平生第一次没有去看那镜子。她低头盯着盘子里的沙拉，里面装满她说不出名字的菜，和对面坐着的男人一样陌生。

"今天的事，真抱歉……可我不记得之前见过你。"

"我就在你的隔壁办公。"

"你来公司多久了？"

"比你还要久一点，快两年了。"

涵冰拼命想，可是关于这个男人的记忆，依旧没有从她紧皱的眉头间挤出来。

"你的记忆中没有我，因为从上班那天开始，你每天就只盯着它。"

冯从口袋里摸出一面小镜子，打开来，在涵冰眼前晃了晃，继续说："我知道，你有你的世界，你活在镜子里，在那个世界里，你是自己的公主。"

一种被人看穿的赤裸感。涵冰咬了咬嘴唇，想起身离开，可她的眼睛却像被人催眠一样紧盯着那面打开的镜子。

镜子里，有她失神的面孔，冯的声音正穿过镜子而来："可是，你的世界里没有王子。"

"咔嗒"一声。冯的手一合，镜子关了起来。涵冰下意识地抬起头看向他。

"抬头看看世界，给你的镜子公主找个王子吧。"冯微笑地看着涵冰，收起了镜子。

"可你充其量只能算一只漂亮的青蛙。"

"青蛙可能会变成王子，但镜子里的公主永远只能活在镜子里。"

不知从什么地方，传来一声轻微的碎裂声，涵冰的泪水夺眶而出。

半年后，冯和涵冰红色的结婚请柬上，印着这样一段话：

"跟我走吧，走出镜子，走向这昏暗的世界。我会为你将那镜子，变作一扇明亮的窗。"

7. 冬湖的划痕

他说，她是这个冰场上最笨的女孩。其实，他才是那个笨蛋。

"今日我市气温将降至零下29摄氏度，西北风五到六级，请各位市民注意防寒保暖，下面我们再来关注一下省内天气情况……"

卧室门开了，洛洛穿戴整齐走出来。绒线帽子，绒线围巾，绒线手套。她脚步轻盈、蹦跳着走向大门。

"洛洛，刚才天气预报说今天降温，还是不要出去了吧？"

"没事，我一会儿就回来。"洛洛换好棉鞋，又蹲在鞋架前，掏出自己的冰鞋。"妈，我走啦！"

"要是冷了就早点回来！"

"啊！"洛洛的声音消失在门外。

迎着刺骨的北风，洛洛来到市公园。大片的水面，已经被北风吹成了冰白色，晚起的阳光，没精打采地照着冰面，反射出刺骨的颜色。

洛洛一路小跑来到湖边，那个瘦瘦高高的身影已经立在那里，微笑地看着她跑到眼前。

"冷吗？"

洛洛摇头："不冷,你等多久了?"

"我也是刚到。"

洛洛分明看到,男孩的鼻尖和耳朵都已经冻红了。

于是第二天,洛洛去公园时,特意拿了一套帽子和围巾。"这个送给你。"

洛洛的脸红着,不知是因为害羞,还是因为那天的北风太大,吹冻了她的脸。

洛洛就是在这个冬天的湖面冰场上认识程的。

妈妈说,她应该出去运动一下。于是洛洛买了冰鞋,来到市公园的冰场。那是洛洛滑冰的第一天,毫无悬念地,她在冰上摔得七零八落、丢盔弃甲。当她赌气似的挣扎着想爬起来时,一双冰刀画着好看的圆弧停在她身边。洛洛抬起头,一只手刚好伸到她面前。

"你这样是滑不走的。"那是程。看着他脸上灿烂的笑容,洛洛忘了膝盖上的疼。

洛洛开始跟程学滑冰,他们每天花很多时间练习,但洛洛的进步依旧很慢。

"你看你,你学了这么久连站都站不住,等春天冰面融化了怎么办?"

"那你再教我游泳啊!"

"笨蛋,这里禁止野浴。"

每次程这样数落她,洛洛都开心地笑着,开心地扯着程的衣角,在他身边绕着滑行。她脚下的冰刀,在光滑的冰面上留下一圈又一圈的划痕,仿佛是地球绕着太阳,日复一日,一圈又一圈。

"你说,每天都有这么多划痕,冰面会不会不平了?"一天,洛洛低头看着自己脚下一圈圈的划痕,忽然问程。

"不会的,到中午天暖和一点时,冰面会融化一层,划痕就不见了。"

"是吗……""是啊……"

其实洛洛想问，怎样才能留住这些美丽的痕迹，留住这些她围着他不断写出的圆圈。

可是，就像程说的那样，划痕在不断消融，洛洛只能不停地滑动，不停划。后来，冰面真的融化了，融成一片一片的水色，慢慢地，那水色越来越大，蔓延到岸边，早春来了。

冰面早已无法承受洛洛的体重，她只能跟着程，走在早春荒芜的公园里。小径环绕着湖水，画了大大的一个圆圈。可洛洛的脚下，却再也踩不出成圈的痕迹。

于是洛洛走不动了，她拉着程，坐到湖边的椅子上，吹着风。

"要走了吗？"洛洛看着程，程看着湖水。

"还不到时候。"

"一定要走吗？" "是啊……"

"那你还会回来吗？" "那当然。"

其实洛洛很想说不要走，可是话到嘴边，却都变了。

洛洛在外地读大学，这是她最后一个寒假，马上她就可以毕业了。程要去国外读硕士，签证刚刚到手，几年能回来，还是个未知数。

"毕业之后，你有什么打算？"程问洛洛。

"回这边，然后，再看呗……"

"哦……那如果我放假回来，我们还可以见面。"

"嗯……"其实洛洛很想说去找他，可是话到嘴边，又咽了回去。

程终于搭上飞机，跨越许多个时区，去了一个洛洛无从想象的世界。而洛洛虽然要出了他的 QQ 号，却一直一直没有加他。

她高傲而羞耻地没能如期毕业了。

"洛洛，真没想到最后没能毕业的居然是你！"洛洛那性格暴躁的指导员阿青说。

"我也没想到。"洛洛不喜欢指导员阿青,她也不是为阿青才这样的。洛洛只是单纯地不想回家,她不喜欢一个城市有一个人,后来又没有了。

寒假回家时,洛洛整天不在家。她在那片冬季冰封的湖面上,一圈一圈地滑动。洛洛滑得很好,她能在冰上画出圆圆的圈,一圈套着一圈。她不去想划痕会不会消失,也不去想程会不会回来。她只是在冰面上一圈一圈地转着。

洛洛很想知道,冰冻的水面是不是就像人们的耐性,越磨越薄;如果她不停不停地滑下去,当她将冰面磨穿时,程会不会就回来了;当程回来的时候,她还是不是那个迎着北风守候在这里的洛洛。

洛洛开始沿着相同的轨迹滑行,滑着滑着,她发现真的出现了一圈浅浅的印迹。第二天,又消失了。

程说得没错,无论她再怎么努力,冬湖上的划痕也还是会消失。就像程,到了最后,还是会走。

洛洛在冰场边发现了一个男孩。他每天都来,却不滑冰。他每天都要等到连洛洛都离开冰场了,才会离开。洛洛好奇着,他是不是像她一样,也在等一个人。

"你在等人吗?"那天,洛洛坐在长椅上脱下冰鞋,友善地问那男孩。

"是啊,可是她没来。"

"她不知道你等她吗?"洛洛很惊奇。

"她不认识我。"

"那你为什么还要等。"洛洛站起来。

"因为我朋友有东西要我转交给那女孩。"

"今天不会有人来了。"洛洛说,"回去吧。"

男孩点点头，和洛洛并肩走着。

"你等的人是谁？"

"她叫洛洛，我朋友说，她是这个冰场上最笨的女孩。"

洛洛一愣，踩在冰面上的脚一滑，被男孩扯住。

"看路啊你！滑冰很厉害，走个路却要摔跤，你真笨！"

洛洛却笑得比蜜还甜："我就是洛洛。"

"不可能，洛洛不会滑冰。"

"谁说的。"

"我朋友说的。"

"他才是笨蛋！"

程托朋友送给洛洛一个小小的 U 盘，他既不知道洛洛的电话，更不知道她家的地址，所以只能寄到朋友家，再拜托朋友到冰场上守株待兔。只有天下最笨的人，才会认为单凭一个名字，就能找到那个对的人。

但洛洛恰好是天下第二笨的人。所以，她战胜了那百分之九十九点九的不可能，被远在万里之外的程找到了。

U 盘里，是程在加拿大拍的照片。他的校园，他的午饭，他走过的街，他认识的人。还有，在漫天的白色下，在空旷的冰湖上，他用染了色的冰刀，滑出一个大大的心形。

U 盘里，还有一个记事本文件，里面只有简单的一句话：你来，还是我回去？

"我都可以。"洛洛说着，寒冬季节，电脑前的她让泪水从眼眶流向脸颊，流进温暖的心里。

当大雪落进多伦多城外三十公里的小镇，程将头枕在洛洛的腿上。

"洛洛，你到底是什么时候学会滑冰的?"

"就是我们相识的那个冬天啊!"

"我教你的?"

"对啊!"

"可我春天走的时候，你还不会的呀!"

"不，我会。"洛洛狡猾地笑笑。

冬湖的划痕，在记忆中迎着春风消融了，但程送给洛洛的那个大大的心形，却永远留在了墙上的照片中。

8. 寄给回忆的情书

> 总有些回忆，我们只能留给自己，慢慢回味。就像有些人，只适合在回忆的草场上，肆意奔驰。

阿青恋爱了。听到这个消息，她的小伙伴们都惊呆了。阿青是出了名的暴脾气，她能遇到想和她恋爱的人，实属不易。

说到阿青的脾气，有一个故事，至今还为人传诵着。

阿青是大学辅导员，兼基础课讲师。

有那么一天，早上的一二节课，阿青没有吃早饭，就早早来到八楼二阶梯教室。腕上的指针刚指向八点，阿青就开始点名，点过名，就开始上课。

阿青上课总是一丝不苟，但下面的学生却不那么认真。好学一些的坐在前排，翻着书，记着笔记；守纪一些的坐在中间，或低头玩手机，或趴在桌上睡觉；捣乱的男生都坐在后面，叽叽咕咕地聊着隔壁楼的学妹，等着逃课的机会；而那些一对一对的校园情侣，则散坐在教室的各个角落，或翻书，或玩手机，或聊天。

他们就像兴趣小组的成员，物以类聚地被编入不同阶级。

在那些玩手机的类聚群中，有一对情侣让阿青很不高兴。

玩也就玩了，自拍也就自拍了，合影也就合影了，阿青都可以当作看不见。可这两个熊孩子居然在你一口我一口地咬着一张鸡蛋饼。

阿青看了两人好久，久到她的讲义已经从 A3 页翻到了 A13 页。但是，那张三元不到的鸡蛋饼，居然还在两人面前传来递去，推来送去。

当时还是单身的阿青并不介意学生们秀恩爱，她认为年轻的时候就应该热情奔放。但那鸡蛋饼的气味，和两人嘴角挂着的完全相同的酱汁，却让阿青不想再忍下去。

于是，在 A13 页的讲义讲到一半的一半时，阿青忽然闭上嘴，一言不发地走下讲台，径直朝那对情侣走去。

阿青走到两人身边。站定。那对情侣仰起头，看着阿青，那个被咬得七零八落的鸡蛋饼，正握在男生手里像个丑陋的破布袋子。

阿青一把从男生手中夺过鸡蛋饼，举到嘴边，狠狠地咬了一大口。之后，咀嚼，下咽。

"我也饿着呢，我尝尝什么东西这么好吃。"说完，她把鸡蛋饼扔在那对情侣面前的桌上，抹了一下嘴巴，转身大步流星地走回讲台。剩下的，是呆坐在当场的那对小情侣，和满教室凌乱的学生。

那一年，阿青刚刚毕业，刚刚留校成为一名辅导员。相熟的人都知道，阿青不喜欢鸡蛋饼，所有鱼龙混杂煮成一锅的食物，她都不喜欢。说到当时，阿青只是说："我本来就饿了，谁让他们在下面吃得那么来劲。"

这就是传奇的阿青。

阿青的男友是隔壁经济系的老师，人稳重，长得也稳重，走路慢慢的，体重高高的。男友总是在阿青的单身宿舍楼下等她，就像那些男生在女生宿舍楼下等女友一样。

"阿青,你们这是要弥补上学时没体验过的感觉吗?"隔壁的兰可揶揄她。

阿青笑笑:"都说了让他不要等,他有病!"

他们在学校食堂一起吃饭,偶尔也会到校外的小饭馆去坐坐,更偶尔的,会到城里的高雅餐厅装装样子,也只是装装样子。

阿青班上的学生见到她经济系的男友,都会叫一声"师父"。

"怎么是师父呢?"阿青问。

"男老师的妻子叫师母,那女老师的男票不就是师父吗?"

阿青哈哈大笑,好个"师父"。

阿青忽然觉得自己有点像孙悟空,七十二变万般幻化,却翻不出 G 大这片不高的五指山,但她的男友成功地翻了出去。他去了一个阿青不怎么熟悉的国家进修,公派的。

"阿青,这下你们要两地相望了,以后可怎么办……"兰可又说。

阿青还是笑笑:"顺其自然呗,他也不是不回来。"

于是单身宿舍的楼下,少了一个胖胖的稳重的身影。阿青一个人去学校食堂吃饭,偶尔还会到校外的小饭馆坐坐,更偶尔的,也到城里的高雅餐厅装装样子,是真的装装样子。

阿青忽然觉得,自己可能不是孙悟空。因为那个叫"师父"的男人,不需要她护送。慢慢地,时间久了,她觉得自己大概是女儿国的国王,一场梦过去,一切便也过去了。

阿青开始收到信件,彩色的 A4 纸,干净的排版,激光打印,是一封封的情书。它们装在 EMS 快递硬硬的文件袋里被送到宿舍的楼下,地址单上没有寄信地址。

"阿青,'师父'寄来的?"当兰可在楼梯里第五次遇见拿着文件袋的阿青,她忍不住问。

"嗯。"

"你们俩都是奇葩，现在哪还有人邮寄情书？"

"是啊。"

"信上说了什么？"

"不告诉你。"阿青笑着说。

晚上，当兰可和阿青坐在宿舍窄小的房间里，一人一杯喝着咖啡时，阿青又想起了"师父"，兰可也是。

"阿青，你的'师父'什么时候回来？"

"我也不知道。"

"他也不知道吗？"

"我也不知道他知不知道。"这一次，阿青没有笑，她只是瞥了一眼堆在桌上的那一张张五颜六色的情书。

"阿青，不然你们俩算了，你再找一个，一样可以过得很好。"

阿青向桌上努努嘴。那意思是，你看，不是还有情书的吗？

兰可不再劝阿青，周围的小伙伴也不劝，因为大家都知道，就算"师父"不在，阿青还有情书，每周一封。

直到那天，阿青去上课时，忘了拿点名簿。

早上，兰可正在床上睡得昏天黑地，忽然被阿青的电话叫醒。阿青让兰可到她的房间去，帮她把点名簿从窗口扔下去。

桌上堆着阿青那五颜六色的情书，兰可努力目不斜视地拿上点名簿，走到窗前。窗子一开，一阵风欢叫着吹进房间。兰可只听见呼啦啦的声音，回头看去，阿青的房间里，已经满是色彩。

"兰可，扔给我！"阿青在楼下喊着。

阿青走后，兰可关上窗，将散落一地的彩色情书一张张捡起来。她这才发现，阿青那数十张情书，都是写给自己的。

"阿青，我知道你还在等他，可他也说过，你们不合适……"

"我听说你告诉别人，他在给你写情书，但我知道，这些都是你写给自己的……"

"你应该按时吃饭，按时休息，努力工作，这样对你很好……"

"阿青，我知道你在想他，可我在想你，想念那个曾经勇敢坚强的你。"

"曾经的我们，就像留在照片里的时光，再也回不去。"

彩色的 A4 纸，干净的排版，激光打印，字字清晰。兰可一张一张地看下去，写满思念的纸上连折痕都没有，兰可的脸却湿了一片。但阿青只是笑笑，对着满桌的色彩，对着兰可满眼的担忧。她将那些情书按时间一张张排列，小心地收好。

"阿青，我不是有意的。"

"没关系，你早该知道的。"

后来，楼下的收发室，不再有阿青的邮件。

"阿青，你怎么没有快递了？"小伙伴们问。

"哦，我们分手了。"

"分手？为什么分手？前段时间不是还有情书的吗？"

兰可咬紧嘴唇。阿青却只是笑笑："为什么不能分，不合适就分呗。"

小伙伴们再也不问了。

但阿青还在写，她自己写，自己排版，自己打印，自己阅读，自己收藏。阿青说："生命在不知不觉地溜走，总要给自己留点什么，不然到老了，就什么都记不起来了。"

她要将当下的自己写进情书，装订成册，寄给充满回忆的未来。

9. 万水千山一行囊

少年时那个关于"绅士"的魔咒，追远逐长。走遍万水千山，他只想问：绅士，到底是种什么心情？

兰可的衣柜里，放着一个背包。不是 LV 经典手袋、不是 Gucci 红绿条纹，也不是什么时尚淑女款，而是一个高高的、黑黑的登山包。

兰可毕业后，留在 G 大当了几年老师，便辞了职，成为一名女白领。她有了一个洋气的名字，叫 Lenko，她穿白色的西服裙装，肉色的透视感很强的丝袜。

她化清淡精致的妆容，用兰蔻香水，衣柜里塞满整套的衣服和女包，还有那个格格不入的登山包。每次看到它，兰可的眼前总会浮现起那段长长的通往夕阳的回家路，两个小小的身影。那是兰可的小时候，走在她旁边的那个人，叫豆子。

兰可的爸爸喜欢兰花，所以她叫兰可；豆子在班上长得最矮，所以叫他豆子。兰可小时候很瘦、很弱，她一点也不像兰花，却能在荒道和空谷坚强生存；豆子却无比坚强、自信，他努力让自己像男子汉一样，回击着那个名字。兰可的成绩很好，却不喜欢背书包，因为她的书包太重了；豆子不喜欢学习，却总是挎着他的破书包，因为里面一共也只有三四本书。

夏天的午后，兰可背着沉重的书包，前倾着身子，喘着粗气，迎着明晃晃的夕阳，走在回家路上。

那是一段很长的上坡路，她家的居民楼就立在坡顶。豆子回家时，也会经过那条路。有那么几次，他会回过头，和她说声再见。然后，他会站下来，看着兰可背着书包，哼哧哼哧地走着。

"下次少装点书就好啦！"豆子总这么说。可是，书本装得少了，学习怎么可能好？

一天，班上一个女生拿来一本图画书，画上的男人礼帽燕尾拿着手杖，女人圆裙大摆撑着小伞。豆子也凑上去。

"这女人怎么下个车也要别人扶？"

"豆子你这个笨蛋！这是欧洲礼仪，在欧洲，男人要负责照顾女人，扶她们上下台阶，帮她们搬凳子提东西，那叫绅士。"

"哈哈，豆子你这个笨蛋！"

在众人的取笑声中，豆子走到了一边，不知是气的还是羞的，他的脸红红的。

那天，豆子堵在路上，一定要帮兰可拿书包。

"都说了我不用你拿。"兰可扯着书包带说。

"给我吧，给我吧，让我拿一下你又不会掉块肉！"豆子说着，将兰可的书包抢到手里，快步向前走去。

兰可跑几步追上："那我拿什么？"

"你可以帮我拿书包，我们就都是绅士了。"

"我才不帮你拿，你的书包一个学期都不洗一次。"

"看吧！女人就是小气。"豆子说着，扬起鼻子，骄傲地迈着大步向前走去。

于是每天，在放学后的夕阳中，长长的路上，总有两个小小的身影，一个空着手,一个拿着两个书包,慢慢地走着。

其实,兰可的书包真的很重,每次站到兰可家楼下时,豆子都会累得气喘吁吁;其实,豆子还不如兰可长得高,可他是个男子汉,一个叫作"绅士"的男子汉。可是,绅士到底是什么?

小学毕业后,兰可和豆子就失了联系。听说,豆子跟着父母搬走了,搬去哪里,不知道。

后来,网络普及了,后来,网上有了同学录。在同学录里,兰可遇见了豆子。

"兰可,有空一起吃饭啊?"

那时候,兰可还住在G大的单身宿舍,读着阿青的情书。一天,一个头戴渔夫帽、脚踩登山鞋、皮肤黝黑的男人站到了兰可宿舍楼下。

那时户外登山和野营就像转基因食品一样,很稀奇。于是,兰可一走出宿舍楼,就看到一群女生围着一个男人,叽叽喳喳问这问那。那男人抬起头,向兰可微笑着说:"兰可,你一点都没变。"兰可站在原地,愣了十秒。

"你是……豆子?"兰可的眼睛圆圆地瞪着,圆得像那顶渔夫帽,"天啊!你已经比我高了这么多。"

豆子只是笑笑,伸出食指,推了推渔夫帽的帽檐。

兰可和豆子坐在校外的小饭馆里,豆子脱下外套,T恤里肌肉发达的上半身,呼之欲出。兰可忽然想起,豆子其实不叫豆子,他有自己的名字,他的名字叫张志远,志向远大的志远。

豆子讲着自己的故事,一个志向并不那么远大的故事。他赶上了大学扩招的浪潮,连滚带爬地挤进一所学校,混了个毕业证。他走了许多地方,认识了许多人。最后他开了一家户外装备用品店,整天接待那些吃饱了没事做想找刺激的有钱人。

"我以前以为，穿着西装打着领带，口袋里别支笔，就是绅士。"豆子伸出筷子，数着盘子里的炒黄豆，兀自说着。

兰可的眼前不知怎的却浮现出那条长长的夕阳路，和两个小小的身影。

"可是，我后来发现，土老板也穿西装打领带口袋里别支签字笔，他们只会写设计好的签名，还有时间日期，我想你也见过这些人。"

兰可笑着点头："你当年也绅士过的。"

豆子却摇头："我那是逞能，不过，谢谢你没戳穿我。"

半年后，豆子和一帮朋友要去登梅里雪山，而兰可刚刚离开 G 大。

"兰可，你去不去？"

"我？还是不去了吧。"

"来吧，你给我们当后勤。"

于是，兰可穿着豆子送她的全套装备，背着一个高高的、黑黑的登山包，出现在雪山上。

高海拔的稀缺空气，让兰可很不适应，连走路都有些踉跄。豆子扶着她，就像当年那本图画书里，那个绅士扶着那个女人一样。

走到断崖时，豆子问兰可："你要不要回去？"

兰可摇摇头，喘口气："没事，我还能坚持。"

一步，两步，三步。山险，路陡，地滑，兰可的额头手心满是汗珠。突然，她腿上一软，脚下踩空，一下子顺着陡坡横着滑了出去。

"兰可！"豆子一把抓过去。

好险。豆子长出一口气，紧紧地抓着兰可背包上的绑带。兰可背靠着岩坡吊在半空，过了好一会儿，才缓过神来。"豆子，别傻着！快拉我上去。"

上山的路，明明才走了不到一半，豆子却泪流满面，说什么也不肯再往前走了。在朋友们的玩笑声中，豆子挥挥手，带着兰可往回走。路上，他的眼泪一直没有停。

"豆子，我还活着呢，你用不着这么自责。"兰可说。

豆子摇摇头，忽然说："兰可，我可能永远也不会明白，'绅士'到底是个什么东西。"

兰可愣住了。难道豆子这些年走遍万水千山，只为了弄清楚"绅士"是什么？

"你看我，我比小时候高了，强壮了，我真的长成了一个男子汉，可是，绅士到底是什么？我是不是足够绅士？呵，那该死的小人书！"

又一年过去。当兰可已经成了 Lenko，换上白色西装套裙，穿着肉色透视丝袜，豆子却忽然打来电话，说他办好护照，要出国了。

"去哪里？""去英国。"

"去英国干什么？那地方没有山可登。"

"据说那里盛产绅士。"

"豆子你这个白痴！你一直都很绅士！从小就绅士！"

豆子在电话那头笑了。"兰可，只有你这么说，也只有你会这么认为，不过，幸好我认识过你。"

兰可知道，豆子又狂奔在寻找"绅士"的路上了，又或许，他内心里，也只是想证明一种没有人认同的存在感。

其实，豆子的内心很强大，无论是现在，还是小时候，兰可想。

10. 会诵诗的房子

少年的阿共有着娃娃脸的细妹，在椅子周围，捉蜻蜓、捕蝴蝶。那一年，阳光比今年好。

阿共是豆子初到英国时的房东。后来，豆子的条件好转，便自己搬出去住，但他和阿共还是朋友。有一天，阿共来找豆子，说他要回国一趟，要回老家去。

"回老家做什么？你爸妈不是都在这边？"

"家里的老房子要拆了，总得有个人回去收拾收拾。"阿共的言语，蘸满了腻烦和无奈。

"你老家是不是有山有水景色好？"

"好不好关你屁事。"阿共说着，"砰"一声拉开一罐啤酒。

"要是好，我就跟你一起回去看看，要是不好，你就自己去！"豆子说着，也是"砰"一声，啤酒喷涌而出，溅了他满脸满身。

"呸呸，真晦气！"豆子迷信地念叨着。

清晨，两个大男人，拎着两个不大的行李袋，出现在小城的车站上。

"现在怎么走？""我也不知道。"

"不知道？你小子是不是在这儿长大的？""早变了样，谁知道呢……"

阿共低下头,翻找着电话簿。接着,他掏出手机,用之前在省会新买的手机卡,打电话。"喂,细妹,我在车站,你告诉我怎么回家啊。"

人生最悲伤的事,也不过如此:你拿着家门的钥匙,却不知道出了车站应该往哪里走。

过了十分钟,阿共的细妹出现了。一个小巧的女孩子,斜扎着马尾,骑着一辆电动车。

"一哥!"细妹唤着。

阿共向豆子使了个眼色,两人提起行李袋,走了过去。

"哎?怎么是两个?"

"我朋友,豆子。"阿共说。

"你好,但是我一车带不下两个人,怎么办?"细妹发愁了。

"没事,你们骑,我在后面跟着跑。"豆子说,他忽然又想起关于绅士的旧伤。

"好的哎!"细妹笑着说。

最后,阿共和豆子将行李袋放在车上,三人一车慢慢走。

"都怪你们两个,不然早就到啦!"大约走了半个多小时,细妹推着车,停在一扇大门前,嘴上还不忘埋怨两人。

阿共抬起头,凝望这扇大门,豆子也学着他望来望去。这是一座老宅,厚重的门板,斑驳的檐瓦,杂草茂盛的墙头,一切都写满时光的印记。

阿共掏出钥匙,插进门上的大锁里。咔,咔嗒,锁开了。阿共推开门,三个人走进院子。细妹将电动车上的行李袋拿下来,豆子将它们提到台阶上放好。

"一哥,你们吃早点了吗?"

"没有。"阿共说。

"那你们等着,我去买。"

看着细妹飘出大门,豆子不免感慨:"一哥,你这细妹不错呀。"

"她是我老叔家的孩子,叫潭花。"

"韩潭花?好名字!有主吗?"

"别打我妹的主意,她老子抽死你。"阿共点了一根烟,坐到台阶上。

豆子一屁股坐到井沿上,也点颗烟,问:"这样好的房子,为啥要拆啊?"

"上面有文件。"阿共随便一抬手,指指屋檐,又或许是指指天上,"这里要建镇政府啦!"

细妹回来时,阿共已经带着豆子,围着老房子里三圈外三圈地走了个遍。

早点是肠粉,还有炒粉,细妹给自己买了碗云吞面,三个人坐在台阶上,各端着一只塑料碗,稀里呼噜地吃着。

"一哥,你好久不回了。"细妹吃得差不多,忽然问,"那边好吗?"

"你跟我们回去呀,好不好?"豆子突然插话。

"闭嘴!"阿共突然说。

豆子收了声,不知怎的,细妹也没了话。又隔了一会儿,阿共将炒粉吃完,开了口:"细妹,阿公的箱子还在吗?"

"在啊,在下屋放着呢,你要找什么?"

阿共摇头:"就收拾一下。"

吃过早点,细妹便回家去了,她家里还有生意等她帮忙。阿共则钻进下屋,开了窗,借着照进屋子的光线,去翻他阿公的箱子。豆子在房间里转来转去,最后选了一张还算结实的床,爬了上去,躺在矮矮的、光秃秃的木板上,睡着了。

太阳还没过中天,豆子就醒了,因为他听到诵诗的声音。

是从院子里传来的吗?豆子起身走出去,但院子里一个人也没有。那声音有些飘忽,却又感情真挚得很,在这异乡小城的古老院子里,格外动人。

只可惜,豆子听不懂方言。

豆子找到了声音的来源,是阿共。他正坐在地上,背靠着箱子,举着一本厚厚的书,大声读着。豆子笑起来,原来,土里土气的阿共也有这么文艺的一面,于是他一猫腰走进下屋。他嘴里唤着"阿共",看着自己长长的影子斜照在阿共的脸上。

豆子忽然愣住了,他向旁边走了一步,让阿共的脸重新出现在光线中。阿共在哭。他满脸泪水,捧着那本书,一边哭,一边读。

"阿共,你怎么了?"

阿公在的时候,阿共和细妹都还小,很小很小的那种,但阿公却已经很老了。他不爱出门,不爱动,他总爱坐在院子里,靠在椅背上,给他们读诗。阿公虽然老了,但声音洪亮,他读的诗,每个房间都能听到,就好像整座房子都在吟诗。

阿共不喜欢诗,细妹好像也不怎么喜欢,因为她总是叫阿共帮她捉蜻蜓、捕蝴蝶,却从没喊他陪她一起读诗。但是阿共的父亲喜欢,他常常和阿公一起坐在院子里,一人一张椅子,读着,诵着。

阿公是小城里为数不多的识字老人,别人都说,阿共一家是读书人家。但那也只限于阿公下面的那一代,到了阿共和细妹,他们只知道捉蜻蜓、捕蝴蝶。

阿共的父亲出国很早,早到阿公还健在,他们一家就搬出了老房子,搬上了飞机,搬到了英国。临走的前一夜,细妹呜呜地哭,阿公也哭了。阿共记得,阿公从没流过眼泪,他总是笑呵呵的,但那一次,阿公真的哭了,哭得和细妹一个样。

"阿公去世时,细妹喊我回来过。"阿共擦了一下眼泪,慢慢说,"细妹说,阿公到死都在念叨着我们,说怎么还不回来,怎么还不回来,再不回来就真的见不到了呦……"

阿共满眼泪水地抬起手,豆子递上一根烟塞在他指缝,用火机点燃,动作行云流水。

"后来,就真的没有见到。"阿共喃喃地说。他将书放到箱盖上,站了起来。豆子跟着他,跨出下屋,走进院子。阿共停在一把椅子前。

豆子的眼前忽然浮现出少年的阿共,有着娃娃脸的细妹,在这把椅子周围,捉蜻蜓、捕蝴蝶,背景里,是整座房子的诵诗声。那一年,阳光一定比今年的好,因为阿公还在。

"你知道的,人……他总会没有,但是记忆,记忆会留下来。"阿共似乎也看到了同样的画面,又开始抽噎。

"是啊。"豆子说。

"但现在,连这回忆也要被拆掉了。"阿共说着,环顾四下。

"是啊,要拆掉了。"豆子说。

"你个八哥!能不能闭嘴!"阿共一把将烟头甩在地上。

"能。"豆子说。

阿共不再作声。

"阿共……"豆子开口。

"放!"

"我们住两天吧,在老房子里。"豆子说。

"是啊,住两天吧。"阿共没有抬头,轻轻说着。

一周后,阿共和豆子收拾好行李袋,动身回英国去。豆子本以为阿共会把那本写满诗歌的厚书带走,但阿共什么也没拿。

他说,那些东西,让细妹捡喜欢的拿走,剩下的,就处理掉吧。

他说,房子都没了,要那些东西,往哪里放……

11. 哭泣的伞

> 明明撑着伞，却还是淋湿了。你说不准是你在哭，还是伞在哭。或许只是雨水在哭。

你的家里，有没有这样一把伞？外面下着大雨，里面下着小雨。

你有没有听过这样一个故事？故事里的小孩说：看，伞在哭呢！

潭花像她一哥阿共一样，并不热心学习，但女生们似乎比男生多了那么点韧性，不喜欢的事，也可以做得不错。所以，她抢到了到首都读大学的机会。当然，那是一座我们连名字都记不住的学校，就是说了，你也不会记得。

和那些懒散自由的大学生一样，潭花的宿舍有网线，有电脑，也有游戏。网络游戏很漂亮，画面，角色，效果，都是那么地"引人入胜"，潭花很欢喜。

游戏里，潭花是渣一样的存在，她不买装备，不学攻略，甚至连很多必备功能都不会。但她悠然自得地快乐着，只要画面好看，怪物呆萌就好了，学那么多干吗。

在内心的更深处，潭花觉得游戏是种休闲，而她的精力应该用在更有意义的事情上，虽然她不知道那是一件什么事。

潭花经历过一场彻底失败的单恋，但在游戏里，她是欢快的，或许，只在游戏里，她才是欢快的。

于是有一个不那么欢快的人被潭花吸引了。那是一个首都的男孩，爱聊，爱闹，爱开玩笑。但他其实不欢快，就像潭花一样，他们都不欢快。

他有一个很随便的名字。比如生在保定就叫保生，生在广州就叫广生，生在马年就叫甲午，生在羊年就叫庚未。总之，就是这样一个随便而自然的、依着天地时序而生的名字。

"你家里人不喜欢你吗？"

"怎么这么说？"

"那干吗不给你起更特别的名字？"

潭花觉得自己的名字很特别，她叫作深潭之花。所以，她固执地认为，人的名字都应该特别才对。不特别，就等于随便。

在游戏里遇见随便的时候，潭花的情绪不怎么好。无论是同学的聚会，还是学校的考试，就是告诉她明天没有饭钱了，潭花也会迷糊地抬起眼皮，无所谓地看看你，然后埋头继续沉浸在她的情绪中。

能有个不认识的人，聊聊那些无从言说的事，让潭花的心情好了很多。于是……"我们见一面吧。"在寒冷的冬季，潭花和随便肩并肩走在路上。

据说，女人最常做的一件事就是后悔。说了好，就后悔应该说不好，说了不好，又开始后悔应该说好，周而复始循环往复。潭花也在后悔。那是种说不出的感觉，绝不是不应该见面那么简单的后悔。

随便是个好人，又友善，但他身上有潭花不喜欢的味道，一种萧条的、毫无生气的味道。

随便对自己的现在和将来，就像他父母给他的名字一样，是那样随便；随便不读书，他喜欢宅在家里玩游戏。潭花觉得，随便不应该这样浪费生命，但这是个人生选择的问题，随便必须自己做选择。

潭花其实也很宅，所以，她和随便的交流常常在网上进行。有时候，他们也会手挽着手走过长路，在开满风铃般花蕾的梧桐树下。

"你以后打算做什么？"潭花会忍不住问随便。

"嗯……没想过……"

"那，你总有喜欢的事吧？"

"我好像也没有什么喜欢的事，除了玩游戏，睡觉……"

"你就没有什么梦想吗？"

"呃，我想想……好像没有哎！"

潭花生气地别过脸去。如此不负责任的人生，在潭花看来，是可耻的。可到了下一次，潭花还是忍不住问同样的问题。她总觉得，问得多了，这答案会有所变化。但问得多了，潭花便放弃了。

"该说他懒呢，有惰性呢，还是不积极呢？我也不知道，总之你知道的，就有那么一种人，你跟他说什么，他都听不进去。"潭花躺在寝室里，向睡在对面的沐华抱怨。

"不，潭花，我不知道，因为你说的那种人太多了，有自傲的、自闭的、自卑的、自弃的，他们都一样听不进别人说话。"

潭花叹了口气，她觉得沐华也是那种听不进别人说话的人。

分手的那天，下着雨。那段时间，每次两人相约出门，天气总跟着闹别扭。而随便还玩着他的游戏，在白天的时光里，弥补他夜里的睡眠不足。

说不上是善良或是懦弱，"分手"两个字，潭花竟怎么也说不出口，于是她不说什么，只是哭。

"你哭什么？"随便问。她不说什么，只是摇头。

随便的眼睛大大的、亮亮的，总像是隔了一层纱，总是没有聚焦地凝视着潭花。潭花总觉得那眼睛水汪汪的，很好看，却没有丝毫生机，当然，也看不到希望。

那天风很冷，雨很大，只有一把伞，他送她回去。路上，随便拿了衣服给潭花披在身上，潭花知道，那温暖也是最后一次。

站在楼下，潭花将衣服塞在随便怀里。"你……可能这段时间都见不到我了……"潭花说。

"为什么？"

"不为什么……"潭花的眼泪流下来，不知道为什么，她觉得难过。

随便没有再问，他仿佛知道，仿佛只是在等这一天，他抱住潭花，吻了吻。潭花在随便怀里，心里叹着气。

末了，她抬起头："伞你先拿着吧，回头再说。"

"好，那我先走了。"随便仿佛每一次一样，道着别。

潭花不知道随便会不会哭，因为，他总是那么随便地说："无所谓啊……"

时隔许久，随便告诉潭花，以前，他从没想过自己有什么梦想，但现在，他知道了，他的梦想是可以和她在一起，一直在一起。

潭花没有回答。分开后，她知道了，随便就像一潭死水，不管她在水面怎样颠簸，表层下的死水都不会有丝毫波动。原来，当一朵潭花并不容易，那么不如做一朵昙花，一现即逝。

在一个又一个阳光明媚的午后，潭花会记起，他们在一起的时光。

在那干净的人行道旁，绿褥的草地前，数着随处可见的喷淋头，在人来人往的步行街，他扯住贼眉鼠眼的她，偷偷亲吻。在流逝的时光中，似乎没有谁辜负了谁，只有一次又一次的失望和落寞，写满晒在长街上的夕照。

潭花很想看到一个被生动描绘着的未来，带着年少特有的热情和信念，不管最后能不能实现，就像那些高大的梧桐树，给自己挂满梦幻般淡紫色的垂铃花朵，不管能不能等来凤凰。可是，生命中只有黄落的银杏，随风翻转。

后来，又是许久，久到潭花在闲下来的时光里随便想起一个人时，绝不会想起随便这个人。

那天是个晴天，潭花靠在电脑椅里，上网，聊天，但不玩游戏。随便在QQ上对她说："你的伞，真的是不行了呢，外面下着大雨，里面下着小雨。"

"早就应该不行了，扔掉算了。"潭花说。

她想，随便大概不会扔掉那把伞，他只有在这些消磨自己的事情上，一点都不随便。那是一把蓝色的折叠伞，其中一块伞布上，还印着一朵叫不出名字的花。

潭花可以想象那种心情：明明撑着伞，怎么还是淋湿了？

雨水穿过伞面，穿过皮肤，落进心里，肆意横流。你束手无策地看着雨水落进来，看着那人走出去。你也说不准是你在哭，还是伞在哭，或许只是雨水自己在哭。

既然如此，那么，随便好了。

12. 他的右手边

> 我安静地坐在右边,而我的影子,落在左边。
>
> 你无声地坐在我左边,坐在我悠长的回忆里。

沐华的记忆中,一直坐着一个人。他幽默风趣、笑容爽朗;他骄傲自满,大男子主义;他在她的左手边坐了三年。他总是抄她的作业,每天,每周,从来;他也会给沐华讲解那些数学题,虽然她怎么听也听不懂。

他坐左边,沐华坐右边。沐华写下的所有字,他都能看到,所有他写的字,沐华一个都看不到。他写的字很有个性,大大的,潇洒的,有棱角。沐华的字也有个性,瘦瘦的,骄傲的,有想法。

快要毕业了。

"老柯,跟我一起考 C 大吧。""谁要跟你去考 C 大啊,没志气。"

"那我跟你一起考 N 大。""谁稀罕你跟我一起啊,没骨气。"

"那算啦,那各考各的吧。""说你两句你就撤了啊,没脾气。"

"柯宇恒!"沐华咆哮了,"谁说我没脾气!"

"嘘!嘘!冷静,冷静……还一屋子人呢……"老柯伸出双手,举到沐华面前。

全班都转过头,看着两人。

老柯不知道，沐华回家后，气得哭了一整夜，她发誓再也不理那混蛋了。

第二天，沐华刚好有事请假。等她再出现时，老柯问她："怎么？生气了啊？"

沐华"哼"了一声，目不斜视地看着黑板。

"生气就不来了？"

看沐华还是一动不动地坐着，老柯突然笑起来："那高考前我要是惹了你，你是不是也不考了？"

"你给我闭嘴！"沐华又咆哮了。

全班再次转过头，看着两人。

老柯依旧每天抄沐华的作业，那一张张的卷子，一个个的选项，一道道的解答和论述题。

"老大，你又算错了！"老柯毫不客气将卷子扔给沐华。

"哪儿错了？""公式套错了！"

"错了就错了呗！""改回来。"

"你是抄作业还是改作业？""改回来。"

"要你管！反正我也不上你的N大！老子上C大！"沐华又怒了。

全班已经懒得转头看他们两人了。

结果，填报志愿的时候，沐华填了N大和C大两档。沐华不知道，老柯的志愿单里，只有姓名、性别、地址、电话和她的不一样。

从高考考场下来，沐华觉得自己好像死过一回。休息一段时间，他们迎来了最后一天上学日。班上很多人都是小手拉大手地走进教室的，那真叫一个甜腻。沐华眨着眼睛，看着那一对对紧握着的手爪子，到底没有忍住，她的手指也在桌上翘了一下。

"怎么，你也手痒了？"老柯用手撑着额头，斜眼看着沐华，问。

"你管呢！"

老柯哈哈大笑起来。终于笑到全班人都转过头，看着两人。

"行了你别笑了，还一屋子人呢……"

"平时只有你天天吼，我都被你连累多少回了，最后一天了，还不让我也吼一次？"

沐华趴到桌上："别说我认识你。"老柯无所谓地笑笑，没了动静。

沐华趴了一会儿，坐起来看看老柯。只见他半伏在桌上，写着什么。

"你在干吗？"沐华向他凑了凑。

"去，一边儿去！"老柯忙说。

"嗤！写个字也藏藏掖掖的，真不大气！"

沐华将手放在桌上，十指交叉，两只拇指互相摸着，仿佛是要赶走没有人牵手的孤独感。

"我说，写好了，你看不看？"老柯问。

"不看，谁看谁是小狗！"沐华说。

下一秒，老柯的手掌突然伸了过来，覆在沐华的手上。接着，一块小小的、叠好了的纸片落进了她的手心。"是你自己说谁看谁是小狗的。"老柯笑眯眯地说。

他收回了手，也带走了沐华所有的智商。那纸条，沐华当场就拆开看了。她成了小狗，但是，值得。因为纸条上写着："以后我们一起上自习，你还坐在我的右手边。未完待续。"

沐华红着脸笑了。这比牵手进教室有趣得多，因为，这是一个可以写到未来的故事。

拿到录取通知书的那天，沐华傻了眼，老柯红了眼。沐华的通知书，是C大的，而老柯的是N大的。

"都是你，我就说了我考不进去的。"沐华埋怨着。

"还说我，我每次说你的时候你要是多改两道题，数学会考那么低吗……"

老柯的声音里，竟然带了些酸楚。沐华低着头不作声，眼泪却不争气地落下来。老柯伸手牵住她："算了，别哭了，会好的。"

可是现实并没有想象中的那么好。

沐华没有时间到 N 大去找老柯一起上自习，老柯也一样。他们独自上着自习，独自温习着手边的回忆。

沐华总是坐在紧挨过道的左手边，而老柯总是坐在紧挨过道的右手边。他们的手边没有人，有的只是无处安放的回忆。

每个假期，沐华都会坐在老柯的右手边，喝喝咖啡，聊聊天，打打游戏，或者，听老柯讲她依旧听不懂的高数题。也只有每个假期，老柯的右手边，才有一个沐华。

终于，盼到了毕业。

"老柯，我找到工作了，你呢？""我……我想跟朋友到南方去。"

"去南方干什么？""看看能做点什么买卖，天天挣工资能挣几个钱？"老柯点颗烟塞进嘴里。沐华不作声。

"沐华……""嗯？"

"别等我了，你过自己的生活吧。"

"老柯！"沐华咆哮了。路过的人都转过头，看着两人。

"我的右手边，会一直留给你，但你的左手边……"老柯猛吸一口烟头，扔在地上踩灭。

"我不干涉你。"最后的这一句，伴着满嘴的烟气吐出来，格外潇洒。

"老柯！你这个混蛋！"站在站台上，看着老柯的车窗渐渐消失在前方，沐华冲着火车大喊。越来越急的车轮声伴着呼声，卷走了她的咆哮，那声老柯再也听不到的咆哮。

"沐华，出去玩啊？"朋友小灿问。"不去。"

"沐华，你干吗摆两张椅子。""出去。"

"沐华，你这是发什么神经？""闭嘴。"

慢慢地，大家都不敢再问。沐华的世界终于清静了。

她在椅子的左边，摆了一张空椅子。她坐一把，老柯坐一把。虽然老柯不在这里，但他就在这里。她说在，他就在。当阳光照进房间，沐华的影子会落在椅子上。她在右边，影子在左边。

一个下雨的夜晚，老柯打来电话。"最近好吗？"在不知相隔多远的地方，他这样问。"还好，你呢？"

"我也还好。"老柯带着醉意说罢，沉默许久才说，"我要结婚了……跟合伙人的妹妹……"

"恭喜你。"遥远的天空，隐隐响起雷声，沐华蜷缩在床上，念白祝福。

"你说……婚礼上，新娘应该站哪边……"

"你缺心眼吗？这还用问！男左女右，新娘当然在你右手边！"

一声惊雷，一场暴雨。沐华在右手边的椅子上，坐了一夜。左边的椅子里，扔着她关掉的手机。

老柯那白痴，都快要结婚了，还像个白痴一样跑来问你这种问题。沐华，你也是个白痴，你说完才发觉，那是多么让人心痛的字眼。

"你右手边……终不是我。"沐华抡起椅子，砸在楼下的石台上，"咔嚓"的爆裂声，像婚礼的爆竹。从此，一把椅子，一个人，坐在记忆的右手边。

"我不知道人的身体有没有记忆，我想有的。"沐华在日志里淡淡地写着，"我常会梦见自己的左手边，有阳光的温度，虽然我心里清楚，自己正沉睡在黑夜里……"

第二辑
生命中有太多的擦肩而过

在不安的岁月里,
你总期望有一个人,
为你守候,而你又在为谁守候。

1. 学生证的后时代

阿达其实不笨。他说小灿是他的女朋友，就真的是。

小灿能认识阿达，是因为她的学生证。她总是弄丢她的学生证，所以，她认识了阿达。

阿达不是学生处里办学生证的那个人，他只是一个隔壁学校的路人，但他捡到了小灿的学生证，有学校，有班级，有姓名，有照片。

小灿长得真好看。小灿比他小一岁，小一点的女孩子都比较乖巧。真可惜，学生证上没有小灿的电话号码。阿达这样想。

阿达对着照片看了又看，想了又想，决定去找小灿。他要把学生证还给她，和她换一个电话号码。阿达穿过自己的校园，出了大门，走过五条街，进了小灿的学校。

"同学，你知道机电一体02级3班的教室在哪儿吗……同学，机电一体的教室在哪个楼……同学，你们系02级的教室在哪层……同学，你们班上有叫金灿的女生吗？"

"有啊，怎么了？"坐在前排的帅男生看了阿达一眼，眼里满是不以为然。

"我有她的东西,要还给她。"阿达抬起头,向教室里望望,却没有看到照片上笑容灿烂的小灿。

"她不在,东西给我吧。"

"那可不行,必须是她本人我才给。"

男生的眉毛挑起来:""有意思啊?我倒好奇是什么好东西了。"

阿达从衬衫胸前的口袋里掏出小灿的学生证,在男生面前晃了晃。

男生脸一沉,转头向后面吼道:"小灿,小灿!起来!"

一个乱蓬蓬的脑袋从桌面抬起来,阿达看到了一张和照片上一样的脸。"小灿?"

小灿揉揉眼睛:"干吗?"

男生大声喊着:"你过来!你学生证又被人捡了!"周围的同学笑起来。

小灿挠挠头,站起身,迷迷糊糊地走过来。男生坐在椅子里,扬着下巴,语气里满是不耐烦:"跟你说多少遍让你看好学生证!再这么下去全城的人都知道你在这里念书了!"

"那有什么不好的,这样不是也能成为名人吗?"阿达说。

周围的同学又笑起来。小灿也笑了。她半睡半醒的眼睛亮了起来,冲阿达眨啊眨地笑着。

后来,阿达才知道,那个坐在前排的帅男生是小灿的男友。他的长相真的配得上小灿,但阿达不明白,为什么他会变成前男友。阿达只明白一件事——小灿会成为他的女友,是因为他捡到了小灿的学生证。

阿达对小灿爱护有加,但他更爱护的是小灿的学生证。

"这几天我们社会活动,你把学生证给我!""不给,我跟你一起去活动,我帮你拿着学生证。"

"哎呀,你怎么这么麻烦。""要是你又把学生证弄丢了,别人就捡去了。"

"捡就捡呗！""那你还要再换男朋友。"

"滚蛋！"

小灿的学生证再也没丢过。但阿达不明白的是，小灿还是换了男友。

"小灿，你最近都没有用学生证啊！"阿达在电话里问。

"哦，我又重新办了一张。"

"为什么啊？""每次向你要你都不给，我就干脆又办了一张。"

"那我手里这张呢？""没用了，就送给你留个纪念吧。"

留作什么的纪念呢？是要纪念分手，还是纪念他曾捡到过她的学生证？阿达想不出。但阿达知道，一定是又出现了一个人，和他一样，捡到了小灿的学生证。

阿达负气地扔掉了自己的学生证。可是，却没有人到学校来找他。可能是他的照片拍得不好看吧！但是小灿的照片真的很好看啊！阿达想。

从此，阿达每次回家，都会带着小灿的学生证。

"阿达，有没有女朋友啊！"

"有啊，很漂亮的！"阿达总会拿出小灿的学生证，给三姑六婆传看。

"哎呀，长得真是俊，学校也不错。"三姑六婆们当然不懂，学生证每年都要检验，而小灿的学生证上，日期还停留在两年前。

"阿达，什么时候把小灿带回来给我们看看呀！"

"带不回来啦！我们分手了。"只有和兄弟们在一起时，阿达才会这样说。

"那怎么还拿着人家的照片出来唬人？"

"小灿不要啦！"阿达憨厚地笑笑，"省得家里人老是问。"

"分手了就不是女朋友了。"

"怎么不是呢，小灿是的。"阿达总是这样说。

"阿达，你这笨货！"阿达的兄弟阿龙啐了一口槟榔，落了一地的鲜红。

阿达以为，学生证的时代会随着时间的推移，慢慢过去。但是毕业那年，小灿忽然对他说，她要在毕业后的假期，到他的家乡去玩，去看那片油菜花盛开的田野。

"好啊！"阿达想也不想地回答。

"那你回家买票的时候，记得叫上我啊！"小灿说。

于是阿达回家时，和他同行的，还有小灿和她的男朋友。阿达还是乐呵呵的，因为传说中的小灿终于要出现在他家乡的小街上了。但小灿的男朋友不高兴。

仿佛阿达家所有人都知道小灿，他们争相来找阿达，就为了看看真正的小灿。

"哎呀呀，比照片漂亮多了！哎呀呀，真是真是，这下见到真人啦！哎呀呀……"

似乎阿达所有的朋友也都知道小灿，当阿达带着小灿和她的男友坐在充满当地风情的小店吃着饭，也会有人来拼一桌。

"哎呀！这不是小灿吗？呦呵！是小灿啊！我说姑娘，你是叫小灿吗？"

小灿被问得红了脸。男友的脸却气白了。

阿达回家的第二晚，小灿和男友吵了起来。第三天，阿达发现小灿蹲在河边哭。

"小灿，怎么了？"阿达手忙脚乱地凑过去。小灿却怎么也不理他，只是埋头哭。到了第四天阿达才知道，小灿的男友和小灿吵了一架，之后便买了第二天一早的车票回家去了。

"都是你！走到哪儿都有那么多人认识我！我男朋友能不生气吗！"小灿哭哭啼啼地说。

阿达不吭声。谁也没邀请小灿的男友来呀，是他自己跟来的，跟来了又受不了，怪谁呀？再说，大家都认识小灿，不好吗？说明小灿在这里出名啊！做名人不好吗？

做名人很好啊，那么多人想尽办法要出名的，小灿这么出名，她怎么还不高兴呢？阿达在心里想。

和阿达的朋友吃饭时，小灿又哭起来。阿达犯愁了，求助似的看向身边的阿龙。阿龙向他使个眼色，又用胳膊肘捅捅他。于是阿达吭吭哧哧地开了口："小灿，你不要哭了，你看，因为我认识你，大家就都认识你了，因为我喜欢你，大家也都喜欢你，你应该高兴啊！"

"高兴个鬼！"小灿骂着，却破涕为笑。

"阿达，你这笨货！"阿龙又啐了一口槟榔，落了一地的鲜红。

过了不到半年，阿达就在三姑六婆的欢笑声中结婚了。新娘叫小灿。他们的结婚信物很特别。我们都猜得到——是小灿的那本旧旧的学生证。

喜宴上，小灿顶着红花问阿达："阿达，一共才几年的工夫，学生证怎么旧成这样？"阿达的脸喝得红红的，结巴着说："我天天拿给人看，说这是我女朋友，白天看，晚上也看，看着看着，就旧了。"

"阿达，你这笨货！"小灿没喝酒，脸却和眼圈一起，变红了。

阿达其实不笨。他说小灿是他的女朋友，就真的是。

2. 玫瑰花园

> 我想有一个玫瑰花园,种满九百九十九朵玫瑰——在你说分手的那一天。

阿龙是个要强的人。当年,他一个人离开家到北方闯荡。

阿龙有些文化,有些想法,有些抱负,有些梦想。所有人都以为,漂泊在异地他乡的阿龙,一定会有出息。甚至连家长们也会告诉孩子:"看阿龙哥多有出息,你们长大了也要和他一个样。"

可过了几年,阿龙回来了,胡子拉碴,一脸疲惫。他在阿达的婚礼上喝着大酒,在春米的河边嚼着槟榔,在高大的榕树下猛吸烟斗。大家都说:"阿龙怎么了?"

"阿达,我们种花怎么样?"一天,阿龙问阿达。

"两个大男人,种花做什么?"阿达憨憨地问。

"阿达,你个笨货!"

阿龙搬到附近最大的种植基地去,自己掏钱,包了一块地,种花。又两年,阿达的儿子会走路了。那年,阿龙开着车回来,前呼后拥好不热闹。

这天,阿龙的种植园来了一群游客。游客们的参观和采摘,也是种植园一项不菲的收入。一个年轻的女孩拿着一枝火红的玫瑰花,向阿龙搭讪:

"这种植园是你的?"

"是的。"阿龙回答。女孩长得很漂亮,但不是阿龙喜欢的类型。

"你是当地人吗?""是的。"阿龙回答。其实他也不知道自己到底喜欢什么类型。

"听你的口音不像哎!""我出去混过几年。"

"真的啊?你去过很多地方吗?"

"你是哪里人?"阿龙忽然问。"太原人。"

"山西啊,我去过。""真的吗?"

"真的。"阿龙应着,忽然记起,他从前的那个女孩。

那个女孩也很漂亮,而且是阿龙喜欢的类型。虽然阿龙也说不上她是哪种类型,但他就是喜欢。女孩叫瑷爱,但阿龙怎么看,都觉得是王爱爱。

阿龙没钱,爱爱也没钱,但是不要紧,他们有感情。就像爱爱的同学说的,他们的感情好得像天空爱着大地。

爱爱的同学喜欢没事写点小诗,然后写上自己的名字,送给爱爱,也送给阿龙。那句话,便是她送给两人的,还有她那怪怪的名字——小冲。

爱爱很羡慕小冲的文采,她总说,以后有钱了,她要天天坐在家里,看书,写诗。阿龙说:"好,我养你。"

爱爱喜欢花,阿龙攒钱就送她花。可是,不到一周,花就谢了。爱爱心疼花,也心疼钱。所以她买来彩纸,叠成一朵朵的花,插在瓶子里,好看,又省钱。

爱爱确实很可爱,不只是阿龙一个人这样认为。于是,爱爱遇见了一个比阿龙富有的男人。他会买花送她,换下了瓶子里的那些折纸花。

爱爱向瓶子里插着花,一枝,一枝,好多枝,阿龙却皱紧了眉头。

"他是谁啊?""一个朋友。"爱爱说。

"朋友?""对啊,普通朋友。"

"普通朋友为什么要送你玫瑰花?"阿龙还在问。

爱爱的手被玫瑰花的刺扎了一下。她腻烦地看向手指,嘴上说着:"普通朋友为什么就不能送玫瑰花?"

"普通朋友怎么能送玫瑰花呢?"阿龙坚持问。就算送了,你怎么能收呢?他想着。

"因为我喜欢玫瑰花。"爱爱说,她转身对阿龙说,"我的手扎伤了,帮我找一下创可贴。"

别人送的花扎伤了你,为什么要我来帮你找创可贴呢?阿龙在心里问。

阿龙给爱爱买的玫瑰花,总是不到一周就谢了。可普通朋友送的花,却总是那么鲜艳欲滴。因为阿龙一周才能攒够一束花的钱,而普通朋友一天可以买好几束花。阿龙觉得,他和爱爱已经从没有钱,变成了没有感情。

一个周末,小冲到爱爱家玩,见到拿着一束花的阿龙,也见到了满屋满瓶的普通玫瑰花。阿龙临走前,小冲写了一张卡片给他,上面只有一行字:"不在沉默中爆发,就在沉默中灭亡。"

阿龙觉得,这是小冲写过的最有深度、最有哲理的一句话。于是阿龙决定爆发一次。他花光了手里的积蓄,买了一枚钻戒,又用剩下的钱买了99朵火红的玫瑰花。

当阿龙站到爱爱面前时,他紧张得连话都说不出。他的手里捧着他现在的全部财产,而他的面前站着他未来的全部财产。

"爱爱,你……你愿意……你能……嫁给我吗?"阿龙吭吭哧哧地说完这句话。

爱爱的眼睛动了动,目光在阿龙身上转了两圈才开口:"我已经答应了别人的求婚……"

别人的求婚，有999朵玫瑰，而阿龙只有99朵。

阿龙扔了戒指，撕掉了发票。他明明可以去退的。阿龙拆了花束，揪烂了玫瑰。他本可以送别人的，不管别人是谁。

于是阿龙身无分文地回了家，怀揣着小冲的卡片。他决定在沉默中灭亡。

他在阿达的婚礼上喝着大酒，在淘米的河边嚼着槟榔，在高大的榕树下猛吸烟斗。可是，每当他孤身一人，看着夕阳沉入地平线，他总会想到爱爱，总会想到小冲曾经说，他们像天空爱着大地。

想着想着，阿龙突然就有了一个特别的想法。他要种出很多玫瑰，种出全省全国全世界的玫瑰，让别人买给爱爱的玫瑰都是他的。之后，便有了现在这片种植园。

阿龙没有种出全世界全国，哪怕只是全省的玫瑰，但他已经满足了。因为他算过，他种出的玫瑰，足够100个别人求婚100次。

阿龙每年都去参加交易大会，他会亲自在展位上坐几天，他喜欢看着那些美丽的女孩子对着一束束盛放的玫瑰花，大惊小怪。

就像他曾经的爱爱。他也会送她们一枝花，然后告诉她们："一周之后，花就会凋谢。"

"那怎样才能让它开得更久呢？据说加点糖会好一些。"

"你到第五天的时候，把它扔掉买一枝新的就好了。"阿龙总是这样说。

大家都说，阿龙太会做生意了，随便聊个天都是在推销。只有阿龙自己清楚，他说的是真的。真的再买一枝新的就好了，只要你有钱，还有感情。

可是阿龙转念又想，若是看不到玫瑰的凋谢，又怎么体会它开放时的美丽呢？

阿龙觉得，自己好像提前苍老了。

阿龙有自己的玫瑰花园，每种玫瑰，只种一株。

他会将盛开的最好的那一枝剪下来，插在房间的瓶子里。他也时常会想象，如果当年他有一座玫瑰花园，爱爱是不是就不会嫁给别人。

可是他又想，是因为爱爱嫁给了别人，他才会有这样一座玫瑰花园。

人生不单只有悖论，还充满了反讽。

阿龙告诉爱爱，他有了自己的玫瑰园。但最后来玩的，只有小冲一个人。小冲没有给阿龙带来卡片，这让阿龙有些意外。

"早就不写啦！""为什么不写了？"

"生活比我写的东西深刻多了，你读它就足够了。"

小冲也提前苍老了，阿龙心里偷偷想着。

当小冲也拿着一枝火红的玫瑰花，看着这片花海时，她问阿龙："你是因为爱爱吗？"

"什么？"阿龙问。

"你回老家种玫瑰，是因为爱爱吗？"

"你是说，这个种植园吗？"

"是的。"小冲说。

"不是。"阿龙回答。

在小冲惊讶的目光里，阿龙慢慢说："我只是想给我自己种，或者，也给那些和我当年一样的人。"

那些输给了别人、连普通朋友都不如的人，那些只能买 99 朵玫瑰求婚的人。

3. 风一样的女子

．．．．．．．．．．．．．．．．．．．．．．．．．．．

> 我将寂寞投在风里，也将自己丢在风里。直到有一天，有人将我捡走，却忘捡了我的寂寞。

小冲这个名字，仿佛预示了她天生与众不同的思路。小冲的爸爸总是很忙，奶奶又太老了，于是小冲总是一个人，一个人做这个，一个人做那个。但无论她走到哪里，都会带上她的叫声、笑声、闹声。

"小冲你安静一会儿好吗？"奶奶总是这样说。

"小冲，其实你应该是个男孩，一定是你妈生错了。"朋友们总是这样说。

"小冲，你要是有一分像你妈妈就好了。"爸爸有时候会这样感慨。

"我像啊，我长得像。"小冲说。

"是啊，也就只剩下长得像了。"

每当这时，小冲就会拿出妈妈的相册，一页一页看。明明就很像啊！她和照片上的妈妈就像同一个人，只不过，妈妈没有了，而小冲还在。

妈妈是为了小冲，才成了只出现在照片里的人。那年，妈妈带着小冲一起被推进产房，出来的却只有小冲一个人。

小冲常常穿一条膝盖破了的裤子。

"小冲,裤子怎么破了?""嗯,跑步的时候摔破的。"

"那为什么不换一条?""哎!再跑步的时候还要摔的。"

"……"

小冲总是听到什么就马上去做。

"小冲,我还没说完呢!""你不是说让我到隔壁去拿把拖布吗?"

"可我还想说拿来之前洗一洗啊!""哦!"

"小冲你为什么总是这么着急?""因为不马上去做就忘了啊!"

"……"

小冲,尝试着说些大家能听懂的话,好吗?

小冲喜欢大风天。她会在风中驻足,在风中奔跑,在风中向后昂着头,欢快地号叫。

"小冲,别站在楼下,掉下来东西会砸了你!""不会。"

"怎么不会?""我只要一直仰着头,就能看见了。"

"小冲,小心风把你吹傻了!""不会。"

"怎么不会?""我已经被吹傻了!"小冲抓住自己四散飞起的头发,欢快地说。

直到小冲背起行囊,到外地读书,很多朋友才知道,她是个没有妈妈的孩子。

"她真厉害,怎么能活得那么快乐……"小冲的班长三山说。

在有风的日子里,小冲会穿上跑鞋,跑到外面,拼命奔跑。

她追着风跑过街心广场,迎着风跨过人行横道。跑着跑着,她会有种错觉,仿佛她的身体越来越轻,慢慢地漂浮起来,跟着风,飞向远方。

所以她拼命向前跑,想跑过那阵风,想跑在风的最前方。可是,风是没有最前方的,就像生活永远没有终点。

小冲其实是寂寞的。所以，她常常给朋友们寄明信片，明信片上还要专门写一些稀奇古怪的话。

　　"当你迎着风向前跑，你会觉得自己走了更多更长的路，因为吹在你脸上的风来自你未曾抵达的远方。"

　　"我最怕在有风的天气里遇见下雨，因为伞是遮雨的，不是挡风的。"

　　"风也是有思想的，它们有时候唱着歌，有时候叹着气。你看不见风，就像你看不见人心一样，它们需要用心感受。"

　　"我常常在街角等上几个小时，等着风从我耳边吹过，也常常蹲在地下道的出口，喝着冷风醒着脑。"

　　"如果你遇见小时候的风，替我向它们问声好……"

　　"小冲，你为什么喜欢风？"三山好奇地问。

　　"因为呢……我总希望自己是轻盈透明的，干净又透明。"

　　"那和风有什么关系？"

　　"这你就不懂了。因为我不够透明，所以太阳会在我身后留下阴影，但是风不一样。"

　　到底如何不一样，小冲没有说下去。但三山却明白，小冲并没有看上去那么快乐。

　　小冲留下最多的照片，是她在风中的样子。

　　她会爬到山顶，迎着山风扯起旗子，也会站在海边，朝着海风张开裙摆。有风的时候，她从不忘记张开她的双臂，拥抱那欢快流动着的空气。

　　"等我什么时候能捉住风，我就是风神了！"小冲兴冲冲地告诉三山。

　　可三山却说："捕风捉影可不是什么好词。"

　　"没情调！"

　　三山不明白，像小冲这样活在风里的人，心里会有何种别样的情调。

小冲最喜欢的一张照片，是她站在风中，抛出一把明信片。一张张的卡片翻飞，仿佛盛放的花瓣，环绕着小冲。

　　小冲说，她能感觉到风是自由的，可以毫无理由地奔驰，也可以毫无征兆地静止。但三山却觉得，小冲其实并不了解自己，因为她也说不清，她为什么喜欢吹风。

　　他是小冲认识的一群人中听她讲话最认真的人，却也是认为她最奇怪的一个人。

　　小冲在追风的路上，遇见了大洋。那是在去唐古拉山口的路上，她和大洋恰好找了同一个向导。

　　大洋是那种暖暖的男人。他会在艰难的山路上，拍拍小冲的后背，告诉她："坚持一下。"也会在休息的帐篷旁，指指头顶的夜空，对她说："看，星星。"

　　当小冲裹着厚厚的登山服，喷着白色的雾气，坐在雪地上感受山口的冷风时，他会一声不响地坐在一旁，和她一起吹着风，喷着白雾。

　　"我喜欢风。"当两个人都冻得双颊通红，猫着腰钻进帐篷时，小冲解释道。

　　"喜欢风，那很好啊！喜欢风的人，向往自由。"

　　"你怎么不问为什么？""什么为什么？"

　　"为什么喜欢风啊！""问这个干什么？"大洋奇怪地问。

　　"可是，别人都会问啊。"小冲反而觉得奇怪了。

　　大洋看看帐篷外，风声还在耳边回响。

　　"喜欢需要理由吗？"他反问。

　　小冲怔了怔，刚喝下的一口热水，忽然就从眼里流了出来。在她冻红的脸颊上，那滴泪水映着远处的雪顶，闪着光。

　　下到山脚，向导拿了钱，向他们告别。小冲和大洋坐在小店里，一盘菜，两碗青稞酒。

"你接下来要去哪里？"小冲问大洋。

"还没想好。你呢？还要到别处去吹风吗？"

小冲摇摇头："不了，我想回家。"

"那么，我们也要就此分别了。"大洋举起酒碗，示意小冲碰一下。小冲却迟迟没有举起酒碗。半晌，她喃喃说："我不想再到处去吹风了……"

"怎么了？"大洋的酒碗还举在眼前。

"我想过安定的生活，遇见一个人，然后，结束漂泊。"

"然后呢？"大洋说着，把酒碗凑到嘴边，看着小冲。

"我喜欢你。"小冲说。

大洋微微倾过酒碗，喝了一口酒，然后，"嗯"了一声。

"不问为什么吗？"

大洋笑笑："喜欢这种事需要理由吗？"

在很多年之后，在唐古拉山脚下昏暗的火炉旁，小冲忽然看懂了自己。

喜欢风，只是因为觉得风和自己很像。一样的无所依靠，走街过巷，带着居无定所的漂泊感。它没有来由，没有方向，在这世上，匆忙地奔跑着，仿佛只要不停奔跑，就可以不寂寞。

喜欢风轻盈，是因为觉得自己在这世上，轻如鸿毛；喜欢风自由，是因为小冲在这个世界上，无牵无挂。她无所畏惧，也无处倾诉，她只能迎着风，大声地喊着，在没人听到的地方。

平原上有风，因为空旷，所以寂寞；高山上有风，因为寒冷，所以寂寞；小冲会寂寞，因为只有自己陪着她。她的吵闹，她的欢笑，都只是她一个人的心情，就像在风中流过的眼泪，也只有她自己才知道。

喜欢什么，需要理由吗？喜欢，本身便是理由吧！

4. 天下第一剃

三山永远也想不出，那一年的她，到底是什么意思。

三山有一把款式很老的剃须刀。刀是单排的，横版的，既没有双头三头，也没有旋转体或贴合面。它看起来，就像是——简易剃刀的电动版。

"三山，你个土得掉渣的，现在谁还用这种剃须刀，亏你脸皮够厚，不然早撕烂了！"朋友二子到家里做客，上个厕所的工夫，也要大惊小怪地举着这把剃须刀，拎着裤带站在卫生间的门口嚷嚷。

二子是三山最好的朋友，其实他叫张某水，可大家都说，"三山"应该对"二水"，因为李白的《凤凰台》里是这么写的，他们学过的教科书里也是这么说的。所以，张某水就成了二子。

"谁说的，以前那么多人用过，也没见谁没脸没皮的。"三山走过去，从二子手中抠出剃须刀，放回洗面池上的架子里，"不要给我弄坏了。"

"你少唬我，当我傻啊，这都多少年的东西了，八成早就坏了！"二子说。

"你怎么知道？"三山重新拿起剃须刀，问。

"因为我第一把也这样，用了没两年就坏啦！"二子大大咧咧地说，"你这早就老得不行啦！不要说胡子了，就是软软的眉毛都咬不动了！"

"怎么样？要不要试试？"三山说着，手中的剃须刀已经举到二子眉边。"嗡……"

"三山你大爷的！你让老子怎么出门见人！"卫生间里，传出二子想死的鬼叫声。三山觉得，他被叫成二子，其实也不亏。

老式一点的剃须刀，有个好处，智能少，机械多，可拆卸。所以，三山就可以经常磨那剃刀的刀头。三山不知道二子那把刀怎么没两年就坏了，他也说不清自己这把怎么就用了这么多年。

没多久，三山的这把剃须刀也坏了。三山很怀疑是二子搞的鬼，但二子却矢口否认："就是给多少钱我也不改口，我说不是就不是！"二子的眉毛已经重新长齐，他又牛起来了。

三山买了一把新的剃须刀，旧的这把，却收得好好的，一直没舍得扔掉。

剃须刀是一个旧朋友送的，看见它，三山就会想起她。那时候的他刚找到一份工作。之前在学校，三山用的都是简易的剃须刀，虽然费时，但大学时代的他有的是时间。

上班之后，情况就大不相同了。他开始经常听不见闹钟，总是睡过头，来不及吃早饭，当然，也更来不及刮胡子。所以，他出现在公司的时候，不是一下巴溜青，便是满脸伤口。

"你的剃须刀旧了，应该换个新的。"一个负责人事的女孩说。

三山没好意思说，他的剃须刀根本不是新旧的问题。那时候，他刚毕业，手里拮据得很，一把电动剃须刀，够他吃半个月的午饭。

"不是跟你说了买把新的嘛！"第二天，当三山又带着满脸的创可贴上班时，女孩说。

"哎，上班忙，下了班就想着回家吃口饭睡觉，总是忘。"三山笑笑。

"那下班的时候买，这样就不会忘啦！"女孩帮他想办法。三山只是笑笑，点着头。

到下个周五。"哎？你这人，又忘了不是？"女孩问。

"啊……是啊，再说，我对这附近也不是很熟，不敢乱逛。"三山终于说了一句实话。他刚到这家公司一个月，附近的商圈，他一个也不认识。

但女孩却说："我带你去。""啊？"

"我说今晚，我带你去买。""可是那你到家不就更晚了？"三山说。

"反正今天是周五，明天休息，我也当逛逛街了。"

女孩叫争翠，很奇特的名字。三山总觉得，女孩子应该争的是艳，争翠是什么意思，他不能领悟。

那天晚上，争翠什么也没逛，直扯着三山，走这家，看那家，问这个，试那个。看着价钱上的三位数，三山额头上的汗不知冒了多少次。

"这个怎么样？你看那种行不行？嘿，你看什么呢！专心点专心点！到底是给你买还是给我买！"

可三山真的专心不起来，他看着导购员热情的笑脸，想象着他们知道他囊中羞涩时，会是几百几十度的大变脸。但争翠不管这些，走了一圈下来，争翠便催促三山作决定。

"那个灰色的好看，就是有点贵……其实刚才那几款黑色的也不错，现在的剃须刀都是那种款式……不然你还是买灰色的吧，真的好看……要不还是黑色吧，看着结实……我说你到底买哪个呀？"

三山挠挠头："我……我再看看吧，再考虑一下。"看着争翠的眼睛瞪得像灯泡那么大，三山忙补充说，"我请你吃饭吧。"

"该买的不买你请我吃什么饭啊？""为了感谢你陪我逛了这么久啊！"

"还算有点良心。"

那天，三山把钱包里的所有钱凑在一起，请争翠吃晚饭。争翠看着三山一层一层地翻着钱包夹层，淡定自若地夹起最后一块锅包肉，塞进嘴里。三山擦着满头的冷汗想，这大概也是一种报复。

周一上班时，一个小小的纸盒放在三山的办公桌上。三山打开看看，里面是一把银色的剃须刀。刀是单排的，横版的，就像一把简易剃刀的电动版。可是对三山来说，这也是好大的一笔财富。

盒子里没有售货底联，也没有发票，但三山睡到半夜也能说出，那把剃须刀的价格是人民币 375 元整。

三山知道剃须刀是争翠买的，这不需要太多智商，因为争翠之前一直都在说，那款灰色的真好看。可当问起是不是她买的，争翠却矢口否认。

她大概是怕他面子上受不了，以后他要多挣点钱，要多请争翠吃几次饭，要尽快把剃须刀的钱还给争翠，三山这样想。

可是，还没等入不敷出的三山攒够剃须刀的钱，争翠就离职了。三山最后请她吃了顿饭。他记得很清楚，他们吃的是火锅。

那天，三山把剃须刀的钱还给争翠。争翠推让了几番，最后还是收下了。她从钱包里翻出一张纸："这个给你，连保修期还没过呢。"

"是啊，真没想到，保修期都没过，你就要走啦！"三山说。

"谢谢你那天请我吃的晚饭，很丰盛，很有意义。"争翠说。三山却只是笑笑。

那天，他们喝了好多酒。离席后，三山到吧台去结账时，收银员告诉三山，饭钱已经结过了。这次争翠又抢了先。三山忽然明白，争翠的名字是什么意思了。

一大帮朋友到三山家里玩时，文黛发现了这个剃须刀。

"咦？三山，你有女朋友啦？""没有啊，别瞎说！"

"谁瞎说了！没有的话，这剃须刀是谁送的?""同事啊！"

"同事？同事哪有送剃须刀的，你唬谁呢啊！"大家起着哄。三山有些发愣。

"拜托，你是真不明白还是装不明白？这种东西都是女朋友送！"

三山更愣了。可是争翠，她真的只是他的同事啊！真的只是……同事吗……

若只当是同事，争翠干吗天天劝他换个剃须刀呢？三山的脑子有些不够用。争翠到底是什么意思呢？她要是有什么意思，为什么不说呢？争翠这个人真有意思……

三山到底也没有想明白，争翠送他剃须刀是什么意思。他总在想，其实也不算是她送的，只是她当年帮他买下的而已。

每次收拾杂物，三山都会看到那个剃须刀。很旧了，是该扔掉了。但是，还是留着吧。等他想明白了再说。

5. 广角之下

那天，文黛穿了一件红色风衣，站在大桥的暗影里。江梓在相机后，笑得露出了十几颗牙齿。

文黛的储物柜里有一个大盒子，盒子里装着黑黑圆圆的镜头，那是一个广角镜头。这是文黛买给前男友的，用她好长时间的积蓄。

文黛本来打算得很好，她要将这个镜头当作跨年礼物送给男友。当时的她不曾想到，就在三周年刚满的那个圣诞节，他们分手了。

分手后，文黛乱扔乱砸了好多东西，但看着这个镜头，她手软了。舍不得。

舍不得那数十张红艳艳的人民币，更舍不得拿到镜头时，自己那份少女般小鹿乱撞的激动心情。文黛记得很清楚，她抱着这个盒子走在回家的路上，高兴得连嘴巴都合不拢。她的脑海里不断上演着他打开盒子时的惊喜神情。

他会放下盒子，将她整个抱起来，在屋里转上一圈。最后，再将她横抱起来，轻轻地放在床上，对她说："亲爱的，谢谢你！"

她也会温柔地笑着，环住他的脖子，吻着他，轻轻地说着："新年快乐！"

然后，是吹灭烛光后的浪漫午夜。第二天　早，她会枕在他的臂弯里醒来，迎接他们在一起的第四年……

那种心情，是无数张人民币也买不到的。虽然他们没有一起见到第四年的新年阳光，但当时的心情还睡在这个黑色的镜头里，不忍离去。

文黛的新男友对摄影一窍不通，他也不喜欢女友的储物柜里放着她前男友的东西。

"这不是前男友的，这是我的。"文黛不断强调。

"你买了不就是要送他的吗？"

"那就变成是他的了吗？"

"打算送他的，和是他的有区别吗！你留着这玩意儿算怎么回事啊！"

他们时不时就要为这个黑黑圆圆的镜头吵上一架。

后来，这个新男友也成了文黛的前男友，因为他将这个镜头连着盒子一起扔进了小区的垃圾箱。当文黛满头树叶一身菜汤地抱着盒子回到家，前男友正悠闲地看着电视。他回头看看文黛，皱了一下鼻子："你是疯了吗？"

文黛一言不发，放下盒子走进厨房。很快，一把菜刀出现在男人眼前。就这样，他成了文黛的前男友。

"文黛，你总不是要跟一个镜头过一辈子吧？"闺密南娇问她。

"怎么可能？"文黛笑着说。

"那你天天守着你前前男友的镜头干什么？"

"都说多少遍了，那不是他的，是我的。"文黛纠正。

"不然你也买个相机学学摄影？"南娇提议。

"为什么？"

"你镜头闲着也是闲着。"

"不买，没钱！"

"那你就继续神经着吧。"

南娇知道,文黛的问题不在一个镜头上。可是,这问题恰恰就体现在一个镜头上。真是一个无解的、由内而外的死循环。

文黛喜欢参观摄影展,这是她和前前男友交往时养成的习惯。一次,她忽然在一张照片前停下脚步。

那张照片很美。高挺的钢架,优美的桥身,静卧在桥墩上,那是她和前前男友经常散步的一座大桥。每当他们绕到桥的下方,他都会亲吻她,在桥身的暗影里。文黛伸出手,摸了摸那片暗影。可惜,那里不再有她。

"哦……还好有镜框,不是吗?"一个愉快的声音响起。文黛回过头,手指,却还按在那片暗影里。

"你喜欢这张?"那是一个高瘦的男人,头发很短,短到快要露出头皮,但人并不凶。

"你拍的?""是的。"男人将右手随意地放在颈后。

文黛将目光转回照片:"我常去这里。"

"我也是,怎么没见过你?""我会在这里。"文黛指着那片暗影。

"啊……"男人走过来,站在文黛身后,他轻轻的声音像感慨,又像叹息。

这个叫江梓的男人邀请文黛共进午餐,文黛同意了。

"那座桥,是什么时候拍的?冬天吗?"

"是的,冬天人会少些,我是在去年圣诞节前后拍到的。"

"我以前的男友也喜欢摄影,但他拍的不如你这张漂亮。"文黛说。

"啊!可能是镜头的问题,他用的是广角吗?"江梓问。

"呃……我想不是。"文黛回答。当然不是,文黛知道,前前男友一直想要一个广角镜头,但他没有。

"我想也是。""你的照片,可以洗出来送我一张吗?"文黛问。

"你拿什么换呢?"江梓笑着问。"换?"文黛睁大眼睛。

"当然,摄影作品也是一种劳动成果,不是吗?""好吧,我考虑一下。"

于是,文黛和江梓互留了联系方式。

"嘿,我想过了,我这里刚好有一个广角镜头,去年冬天刚买的,你看行吗?"文黛主动打电话给江梓。她喜欢那镜头,可是,她更喜欢那照片。

"镜头?你自己怎么不留着?""我不会摄影。"

"哦,什么牌子的?""牌子?"文黛一愣,"我看看……佳能的。"

"佳能的?那不行啊,我一套都是尼康的……""哎?那怎么办……"

"看起来你得换个东西跟我交换了。"江梓的微笑从手机里传了过来。

"哦,我再看看吧。"文黛的兴致顿时一干二净。

"对了,周六还有个展览,一起去吧!"江梓最后说道。

周六根本没有展览,有的只是江梓的一顿午餐,但他带来了那张参展照片。文黛惊喜之余,又不免焦虑起来:"可我没有东西和你换啊!"

江梓笑得露出了十几颗牙齿:"那算你先欠我的吧。"

欠人东西终归不是好事,而且,江梓那意味深长的眼神和笑逐颜开的表情,也让文黛觉得心里虚虚的。果然,周五晚上,江梓打来电话。

"明天我到你家去取镜头。""我家?"

"对,你把具体地址告诉我。""到时候我给你带去就行了啊,你告诉我位置。"

"还是你告诉我吧,回头微信发给我,不要开溜,你还欠我东西呢!"江梓坚持说。

"真是拿人家的手软啊!"文黛感慨。

"没事,有我呢!看他能干什么?"南娇拍拍文黛的后背,给她打气。

江梓出现时，胸前挂着一台单反。"你朋友？"他看看南娇，问文黛。

"啊……是的，刚好过来。"文黛说着谎，脸却先红了。

"快，把镜头给我，我看看能装上不。"江梓坐到沙发上，将单反相机摘下，放在茶几上。

"你不是说……"文黛拿着她的镜头迟疑道。

"啊，以前那个确实是尼康的，不过我又买了一台佳能的。"

文黛一下愣住了，南娇也愣住了。江梓却若无其事地换上广角镜头，开机试了试。"看上去没大问题。"他说着，忽然抬起头，看着文黛，"今天天气不错，我们去拍你的大桥，好吗？"

文黛的眼圈一下红了。

那天，文黛穿了一件红色风衣，站在大桥的暗影里。江梓站在远处，拍下了绝美的风景。

"看，用广角拍出来的东西立体感强，看上去……更深刻。"江梓将洗好的照片递给文黛。

"为什么感觉比你之前那张好看呢？"文黛奇怪地抬起眼，看着江梓。

江梓又笑得露出了十几颗牙齿："笨蛋，那是因为有你啊！"

那一年的新年夜，文黛坐在沙发上看着跨年晚会。江梓躺在文黛腿上，透过相机看着她，自言自语："用一张照片就换了这么漂亮的老婆，我赚大啦！"

文黛温柔地笑着，低下头吻着他，在他耳边说着："新年快乐！"

6. 偷停的摩天轮

我们在摩天轮上许愿、接吻，在摩天轮上订婚、离婚。终于，当时光不再，老旧而腻烦了的摩天轮，也偷偷停下了脚步。

南娇离婚了，和那个相恋三年、结婚一年的男人。

所幸的是，他们没有孩子，也没有什么共同财产，于是离婚，就只剩下一纸协议和证件上那不同的颜色。南娇常笑着说，当年结婚的时候，忙了一整年，离婚时，却只一天就够了。看起来，破坏比建立容易得多。

南娇和前夫属于急着结婚的那一伙人，大三相恋，毕业就着手准备结婚，毕业一年后结婚。然后，结婚一年，就离婚了。离婚那年，南娇只有25岁。

离婚后，两人便不再联系，就连同学的婚礼和同学会，南娇也不再露面。回想起来，那一次他们的相遇，实在是多年缘分汇集而成的一次巧合。

"听说，石景山的摩天轮要退役了，你知道吗？"那天，朋友圈里小葵的一条动态，让南娇的眼睛跳了一下。这条动态，仿佛就是专门发给她的。

石景山的摩天轮，那是一段多么美好的回忆。上学时，大家都不富裕，却常常拉帮结伙地坐着地铁到石景山去，只为了在摩天轮转到最高点的时候，许一个愿。

许愿嫁好男人的，没毕业就被隔壁班的男孩猛追，现在每天在家里养肉。

许愿娶到美女的，毕业后异军突起屌丝逆袭，走运追到人人眼馋的系花。

许愿拿奖学金的，最后以优异的成绩留了校，终于能月月都拿学校的钱。

许愿要发大财的，后来下海做了买卖，在南方也混得风生水起小有名气。

许愿老人长寿的，现在拼命工作，才能负担起一家四代七口的生活开销。

只有南娇和前夫，许愿白头到老，却如今，已是年满三十离婚五年的人。

南娇有时候会怀疑，当她和前夫乘坐的那个吊厢升到最高处时，摩天轮是不是偷停了一下，刚好错过了他们的许愿。

前夫是在摩天轮上向她求婚的。他们结婚后的第一项庆祝活动，便是和赶回来参加婚礼的同学们，再坐一次摩天轮。甚至就连离婚，她也是在摩天轮上向前夫提起的。

离婚的理由，是南娇觉得前夫不够努力，生活没有希望。

"你想努力我不拦你，但你别老拖着我一起努力，行吗？"前夫曾这样说。

"不行，因为生活是两个人的事，我努力你不努力，你就会成为我的负担。"

"好，我不做你的负担。"就这样，他们离婚了，在摩天轮下。

现在，摩天轮要停运了。南娇在停运前的最后一个周日，抽空来到石景山。这里还是那么热闹，孩子们，家长们，学生们，情侣们。

临近5月，天气变得炙热，南娇戴着太阳镜，坐在摩天轮对面的长椅上，看着摩天轮一圈一圈地转，看着游人一圈一圈地换。

南娇的视线是散射，但看着看着，忽然就聚焦了。那个牵着小女孩的男人，她认识，那是她的前夫。

"你妈妈呢？不是说好在这儿等我们吗？"前夫四下看着，很焦急的样子。

"爸爸，我累了，我要去那边坐一会儿。"女孩指指椅子。

前夫带着小女孩，向南娇走过来。南娇往旁边挪了一下，小女孩坐下了。

"说谢谢阿姨。"前夫说。

"谢谢阿姨。""不用谢。"南娇说。

前夫看了看南娇，他一定觉得这个女人有些眼熟，无论是身段，还是声音。于是，南娇摘下了墨镜。

"是你？""是我。"

"真想不到。"前夫笑笑。

"是啊，真想不到。你带孩子来玩？""是的，你呢？"

"听说它要退役了，抽空过来看看。"南娇一扬下巴，指指面前的摩天轮。

前夫也回头看过去，喃喃地说："是啊，要退役了，很多年了呢。"

"爸爸，你们认识是吗？"女孩问。

"啊，是的，我们认识。"前夫说。

"阿姨很漂亮，不过，不如我妈妈。"女孩说。

"当然，我当然不如你妈妈。"南娇笑着说。

"你别理她，别在意。"前夫说。

南娇笑了："每个孩子都觉得妈妈很美，不是吗？"

女孩的妈妈从公厕回来，领走了女孩。前夫留下了，他和南娇坐到摩天轮对面，看着摩天轮一圈一圈地转，看着游人一圈一圈地换。

"你今天休息？"前夫问。"不，我今天也是从公司过来的。"

"你总是那么忙。""是啊。"

"你该多关注一下家庭，关注家庭生活。""是啊。"

"和你离婚后，我遇见了巧巧。她人不错，又体贴，只不过她有个孩子。"

"就是刚才那个女孩？"

"是的，当时我们都很担心，怕桃桃不接受我，不过现在看来是我们多虑了。桃桃当时还不到一岁，她对自己的父亲没什么印象。"

"那孩子随谁的姓?"

"巧得很,我和她爸爸同姓,我们是大姓。"前夫得意地笑笑,说。

"那可真巧。"南娇淡淡地说。

"是啊……"前夫看着摩天轮,回忆着,"巧巧没结过婚,桃桃是她和男友的孩子,只不过男友听说她怀孕了,便把她抛弃了。"

"那她一定过得很辛苦。"

"是啊,所以她很开心能遇见我。她说,我是她生活的支柱,是她的阳光。"

南娇侧过头,瞟了一眼前夫。她能看到,前夫的脸在夕阳的金色下,格外骄傲。

"她觉得我很能干,事实上,我也确实很能干,她没什么正式工作,家里现在全指望我一个人。"前夫说着,忽然又叹口气,"但是,我妈总想让我们再生一个,生个自己的。巧巧却总说,我们现在没条件,所以,她和我妈的关系一直处得不太好。"

"生活都这样,谁都不容易,慢慢就好了。"南娇说。

"有时候也真觉得不容易,不过,巧巧很能干,还肯干,家里的事都不用我操心,孩子她管,做饭洗衣收拾屋子,每天我到家,饭都已经摆在桌上了。"

前夫的语气很满足。南娇可以想象,当前夫迈进家门,那一桌冒着热气的饭菜,还有那女人和女孩开心的小脸,这大概就是他所说的关注家庭吧。南娇转过脸看着前夫,这样想。

"所以,我现在过得很幸福,因为在那个家里,我是被需要的。"

"是啊,被需要的感觉是很好的,让人觉得有存在的价值。"

"还有骄傲地活下去的价值。"前夫总结着,他低头看看表。南娇注意到,那表是卡西欧机械,一年前的款式,八千多。"我该走了,巧巧她们还在停车场等我。"

"那么，再见！祝你幸福！""再见。别忘了我说的，希望你找到自己的幸福。"

前夫匆匆走了，迎着夕阳，留下一个骄傲的背影。

摩天轮还在一圈一圈地转，游人还在一圈一圈地换。回味着前夫在她面前表露无遗的优越感，南娇忽然觉得，当初她鼓起勇气提出离婚，真是明智之举。

他们的摩天轮早已停转，再碰面的，只是两个彼此疏离陌生的故人，讲述和倾听着并不想了解的彼此的生活。南娇的手机响了，是丈夫："娇，你在哪儿呢？妈包了饺子等你回来好下锅呢！"

手机里还飘出3岁儿子的声音："妈妈你快回来，我饿了，你快点回来！"

南娇的微笑写满脸庞。"我这就回去，这个时间二环上堵车，你们先吃，不用等我。"

摩天轮旧了，就会有新的。生活也是一样，结束旧的，就会拥有新的。

7. 丢失的氢气球

> 我像个氢气球，大大的头，小小的尾巴，登上青空，飘向远方，飘回没有忧伤的童年。

氢气球，飘啊飘，带着心愿飘到云端，飘向天堂。

小葵喜欢氢气球，很喜欢。早在氢气球和普通气球一样，是用橡胶做成的、形状圆圆的那个年代，小葵每次游园必买氢气球。

那时候一个氢气球的钱能买好几个普通气球，而且，一个公园有十个卖气球的，却可能只有一家卖氢气球。在那个年代，氢气也是一种很难见的稀罕物。

氢气球总是鼓鼓的，拖着细细的绳子，轻飘飘地飞在小葵头顶。小葵会坐在自行车的后座上，小心地放开一段绳子，让它飞在自己脑后，遇到树枝，还要远远地就将气球收回来。那感觉，就像在放风筝。

"拿回家可以，但不许拿进厨房。"父亲总说，他也会刻意小心，不在有氢气球的房间里吸烟。

回家后，那氢气球至少能再玩两三天。它抵着小葵房间的天花板，一有风，就轻飘飘地滑向一边，小葵会看着它一点点变小，一点点长出皱纹，最后，一点点落下。

小葵也常常会一个不小心，让刚买到手的氢气球跑掉。她清楚地记得有几次，她的手一松，气球"嗖"一下就飞了出去。它明明在慢腾腾地摇晃，可绳子离开小葵掌心的速度却那么快。

"哎！飞了飞了！"小葵急得伸手去抓，可是，就差那么一点点。

还好父亲在。他转头看到小葵一脸焦急，又抬头看一眼飘飘忽忽的气球，一跃而起，抓住那细小的尾巴，将气球扯回小葵手里。

有个个子高高的、会打篮球的爸爸，真是件值得高兴的事。

氢气球，承载了小葵童年的所有美好回忆。当卡通形象的氢气球替代了老式的橡胶气球，小葵还是一如既往地买着。在公园，在游乐场，在商业街，只要遇见，就买。她会像小时候一样，将氢气球系在手腕上，或是背包上，她一走，气球一跳。

男友知道她喜欢，所以每次约会，总会提前买一个气球。当他从远处走来时，小葵总是会先看到他头上的气球，一跳一跳的。小葵还是经常会弄丢气球，每当气球越飞越高，她总会撅着嘴转向男友："你怎么不跳起来抓一下！"

"我没反应过来嘛！"

小葵知道，就算男友反应过来，也未必能抓得到。因为他不会打篮球，个子也没有那么高。

小葵的学校不在本地，所以，她和男友一年也见不到几次。

每次相见，仿佛都是在酝酿着下一次的离别，于是那相见的快乐也总伴随着更多的伤感和惆怅。

"小葵，该送你回家了。""我不想回去。"小葵握着气球，倔强地站在街角。

"为什么?""要是回家,就得把气球放掉。"

"那,我们再走一会儿吧。"

小葵需要乘地铁回家,而氢气球是过不了安检的。

"小葵,时间不早了。""我不想回家……"小葵低下头。

"再不走,我送完你就回不来了。"男友说。

"好吧。"小葵说着,手一松,气球便随着风,轻飘飘地飞了出去。

"如果我现在许个愿,它能帮我带到天上去吗?"

"傻瓜,等里面的氢气漏净,它还会落下来的。"

但小葵还是注视着气球,许下心愿,就像放飞了一盏许愿灯。

假期很快地过去,回学校前的最后一次约会,小葵自己买了一只氢气球。那天,时间还很早,冬日的暮色还很轻薄,她就在他们初次约会的公园里,放飞了气球。

她看着气球飘摇,很久。"什么时候,我们才能有自己的家呢?"小葵喃喃地说。

男友从后面环住小葵,轻声说:"我会尽力的。"

小葵点点头,眼睛却有点潮湿。她心里清楚,就像男友抓不住她的气球,他也未必能给她一个家。因为,这社会那么复杂,而一生又那么长。

大三那年的生日,男友特意请假到小葵的城市给她过生日。他住在旅店里,买了一屋子的氢气球,还有蛋糕和烛光。

"生日快乐!喜欢吗?"

"哇!"小葵笑着吹熄蜡烛,"但是,这样很危险你知道吗?"

"哎呀,没关系,不会怎么样的。"男友说着,打开了房间的电灯。

"怎么不会,氢气球遇到火是会爆的,会烧起来。"

"小葵,我是为了给你惊喜才买了这么多气球,你却反过来埋怨我。"

"我是很惊喜,但是……"

"但你总有办法扫我的兴……"男友说着,躺到床上,默默地看着天花板。小葵叹了口气。

"我们分手吧。"男友说。

"哎?你说什么?"

"我说,分手吧。"

"为什么?就因为我让你扫兴吗?"

"问题不在这里。"男友说。

"你花了这么多心思,摆了这么大的排场,就是为了和我说分手的吗?"小葵的眼泪掉在地毯上,"你喜欢上别人了是吗?"

她忽然想起男友最近的忙,最近的累,最近的寡言,以及最近的不耐烦。

"我很抱歉……"

小葵一个人走在回学校的路上,手里,还扯着一只气球。回去的路那么长,那么安静。只有她一个人慢慢走着,只有她的气球陪着她。

走累了,小葵就在路边坐坐,然后站起来接着走。走着走着,她手上的绳子不知为何松开了。那气球"嗖"地一下,跳了跳,离开了小葵。小葵伸出手去抓,却抓空了,她奔跑两步,跳起来,但一阵风吹过,吹走了她的气球。

分手时忍住的泪水,在暮色低沉的大街上奔涌而出。那气球是小葵从男友那里拿走的全部。她只有这一只气球,却到底还是弄丢了,就像他们丢失了的爱情,和那扇永远打不开的家门。

"小葵,小葵?"路文的声音响起。小葵在病床上悠悠醒来。

"啊!你终于醒了,我们还以为你要一直睡下去呢!"

小葵看看周围,室友们都在。高烧不退的她被大家连夜送到医院打点滴,而她这一睡,便是两天。小葵看了看病房,在她的头顶,飘着一片明亮的红色。她没有戴近视眼镜,视线有些模糊。"气球?"

"是啊，我们送你的！"路文笑着说。

小葵摇摇头，喃喃地说："我以后不玩气球了。"

"又是这么让人扫兴！"

小葵的眼泪又流下来，因为她听到了同样的话。

"打起精神来，少女！以后我们送你气球。"

路文并没有安慰小葵，只是拍拍她的脸。小葵却忽然不那么想哭了。

"小葵！该走啦！"室友姐妹们在呼唤小葵。

"好！"小葵跑过去。

"怎么还拿着气球呢？地铁可不让带啊！"

"我知道。"小葵四下看着，忽然跑到一个小男孩面前，"这个送给你。"

"我不能收，妈妈不让。"

"没关系，你要是不要，阿姨就只能把它放飞了，拿着吧。"

"小宝，谢谢阿姨。""谢谢阿姨。"男孩笑着说。

"小葵，怎么不放飞了？"

"因为……就算放飞，也还是会在别处落下来的，只不过我们看不见罢了。"

曾经我们以为，那些看不见的，就不会发生；曾经我们坚信，别人身上的故事，我们不会重蹈覆辙。

小葵依然记得，在那自行车的后座上，父母载着她，她拿着氢气球。上坡、下坡、躲过树枝、骑过小桥。她回忆的童年，童话里的爱情，就像一只氢气球，那么轻易地随风飞走了。

8. 开往回忆的列车

这是一趟开往回忆的列车。回忆里的我们是那么甜蜜幸福。

让我们乘着这趟车一起回去，好吗？

路文坐在回家的路上。

明明7小时就能到的路程，她非要买那K字头的车，坐12个小时。因为，她在失恋。失恋是一种病，有很多种并发症，最常见的是沮丧、消沉和神经。路文现在就在发神经。

这趟列车，开往路文的家乡。以前，她每年都要在这趟车上来回四趟，或者更多。

路文的前男友和路文是老乡，每逢假期，他们都会一起回家。他们一起买票，一起去车站，一起候车，一起坐车，一起吃泡面，一起到家。今年，路文买了这辆K字车，而前男友大概是乘了7小时的动车回家去了。

以前，是没有动车的。以前，路文和男友带着水杯，背着香肠、泡面和面包，坐在狭窄的硬座上，一坐就是时钟的一整圈。

他们要忍受震天的呼噜声，孩子的哭闹声，不知哪一座的叫牌声；他们也要忍受烟臭、酒臭、脚臭，以及各种自制咸菜的浓烈味道。

一站一站的停靠，一站一站的人来人往。漫长的时光，路文大部分都花在睡觉上。她会枕着前男友的肩膀，在车厢的摇晃中，摇摇晃晃地睡着。这班车，是夜车。

路文蜷缩在靠窗的位置，看着窗外的夜色浓浓，看着车窗上自己的脸。

还记得在那一站，前男友下车去透透气，抽根烟，明明说好是停车三分钟，却变成了人一上完，就要开车，他险些被丢在深夜的站台上。

还记得在那一年，车厢的过道挤满站票乘客，连厕所里都站着人，前男友在座位上扭来扭去折腾了半个多小时，才等到厕所里有人下车。

还记得那一次，路文忽然到了日子，前男友憋红了脸，去问乘务员车上哪里有卖卫生巾。

是不是还有一次，他明明说是下车买盒烟，却在凌晨的车站上，拿回一束鲜花，那是他在起程前在网上订的花，还加了价托花店的人一定要送进站台。因为那天是他们的纪念日。

前男友很浪漫，正因为如此，他的身边才会聚集了那么多花草蜂蝶。路文一直以为，建立在熟悉的基础上，感情才会更稳固。可是有时候，新鲜的感觉却更让人难以自拔欲罢不能。所以，路文在一气之下，做了他的故人。而他沉默地点点头，成了路文的前男友。

车厢还在摇晃着，路文面前的那桶泡面，从冒着热气，到冰凉油凝，路文都没有动一口。后来，她干脆端起方便桶，将整桶面倒进了厕所。

暴殄天物。看着泡发了的面条滑入坑洞，落在铁轨上，路文脑海里浮现出这么一个词。

可是，这样的事，每天都在发生。每天，都有人分手。将美好的回忆封存，将珍贵的感情抛却。在她的回忆里，一桶面又算得上什么。只不过是用来缅怀的道具。就像这趟列车，承载着他们的过去，却开不到他们的未来。

是第一次，路文感觉到，回家的路程是那么漫长。没有人可以聊天，没有人可以牵手，有的只是她映在车窗上的影子。

夜深了。火车在田野里穿行，在那些迅速掠过的黑漆漆的暗影里，路文不知道，哪些是树影，哪些是民宅，而哪些是纯净的夜色。

她总会在这个时间里睡着，枕着前男友的肩膀。而他总是醒着的，他要看行李，还要看护她。路文忽然想，她从不知道，在她睡着时，前男友是如何打发时间的。她只知道，在他睡着时，她会玩弄着他的手指，揉搓着他的掌心，体会着那份厚实的温暖。

在他曾醒着的现在，她睁着双眼，猜想着他当时的心情。

路文还记得，一次她感冒高烧了三天，第四天，前男友带着她上了这列火车，她软软地靠在他身上，睡了整整一路；路文也记得，那一次前男友胃炎，一路上不知吐了多少次，难受的他会将苍白的脸埋进她的颈窝，虚弱地喘息。

所有的回忆，都那么真实，就像刚刚发生的那样。但所有的一切，却又那么遥远，被紧紧封存在心里。

他们分手快一个月了。路文却总觉得，他好像还在她身边，只要一伸手，就能握住他的手。

"我说了我不会再联系她了，对不起，原谅我好吗？"前男友跪在她面前，扯着她的手，在路文的宿舍楼下。

"我们马上就要毕业了，只要我找到工作，我们就可以结婚了，我们不要分手，好吗？"前男友还跪在她面前，扯着她的手。

路文却慢慢地抽出了她的手。"我可以原谅你，但我没办法相信你。"

她走回了宿舍楼，爬上六层楼梯，打开寝室门。从窗口，还能看到前男友跪在那里，面前，还扔着一束黄玫瑰。路文扑倒在床上，默默地流眼泪。

"路文，想哭就哭吧。"隔壁寝室的悠悠坐在对面的床上，咬着薯片说。

"我不想哭。"路文说。

"那你想干吗？"

"我想死。"

列车摇着摇着，就摇出了路文的眼泪。眼泪滴在脸颊上，背着灯光，在车窗的倒影里，仿佛一颗泪痣。路文靠在高高的靠背上，闭上双眼，迷迷糊糊地，她听到一个声音说："对不起。"那是前男友的声音。在半睡半醒间，路文想，她一定又梦见他了。

路文沉沉地睡着，她仿佛回到了曾经的旅途中，回到了自己的回忆中。在这趟开往回忆的列车上，她做着开往回忆的好梦。

车厢一震，停了下来。路文一下直起身子，揉着眼睛。"到哪儿了？"她迷迷糊糊地问。

"才到郑州，你接着睡吧。"

"哦。"路文闭着眼睛，正想靠过去再睡一会儿，忽然惊醒过来，"你……你怎么在这儿？"

"什么？"她的前男友转过头，奇怪地看向路文，"你刚才还睡在我肩膀上，怎么一醒来就这副表情？"

是梦境，还是现实？路文张大了嘴巴。忽然，她想起什么似的，低头在背包里翻找着。

车票！她又打开手机。日期是7月3日，没有错。8车厢、座位16F，也都没有错。就连那袋撕开了的花生，也还好好地放在桌上，就像她睡着前一样。可是睡着前，她的身边明明坐着一个女孩。

"我在做梦。"路文说。"你没有。"前男友说。

"那就是你在做梦。"路文忍住眼泪，冷冷地说。

"那，真希望这场梦不要醒，你一直靠在我的肩上，就这样一直坐下去。"

"神经病！"路文哽着声骂道。

"你才是神经病，放着好好的动车不坐，非要坐12个小时的夜车回家。"

路文噌一下站起来。桌上开着袋的花生，撒落一地。

"路文……"前男友的手抓住了她的手。"我也一样，是个神经病。"他仰头看着她，递上自己的车票——2车厢31A。

"你怎么知道我在这节车厢？""我不知道，小葵她们只说你今天回家。"

路文低下头，坐回座位上。

"你就一节一节找过来的？""嗯。"

"可是车已经开了7个小时。"

"前6个小时我都在座位上，看我们的回忆在车窗外倒退。"她的前男友握着她的手，慢慢说，"我相信你一定会原谅我……因为我知道，车上的你，一定也在看着它们。"

路文的眼泪流下来。

只有载着我们两人的列车，才能开往我们共同的回忆。我们一起回去，好吗？

9. 靠窗的座位

你永远要记住，家乡的美好。即使，它已经飘散在千里之外的窗外。

悠悠生活在大城市。那是一座很大的城市，大到无法用脚丈量，大到人们站在大街上，就会深切地体会到自己的渺小。

大大的城市，有四通八达的地下铁，但悠悠偏喜欢地上的风景。她常常花上一两个小时的时间，坐在公交车上，看着景色慢慢后退，看着路上的车流穿梭不息，看着车下的人们和她一样，疲于奔命。她就这样乘着公交车，悠悠地穿行在大大城市的小小街道上。

悠悠喜欢靠窗的座位，说是喜欢，不如说是一种习惯。

悠悠出生在小县城。那是一座很小的县城，小到县里只有一条大街，小到很多家的居民都是相互熟识的多年老街坊。

每次到省城去，悠悠都要跟着父母在飞奔的巴士上坐很久。父母怕她无聊，总会将悠悠放在靠窗的座位上。看着外面的景色在不断倒退，悠悠就不闹了。

长大后，悠悠总是坐在靠窗的座位上，不然，她浑身都会觉得不舒服。

悠悠和男友逛完街回家，公交车上人满为患。

"哎！那边有个座！快过来！来！"男友扯着悠悠，将她按在刚刚空出来的座位上。

换作是其他的情侣，女孩总会微微一笑说："你不累吗？"

"没事，你坐吧。""你对我真好！"

接着男友也会微微一笑。周围的人听了，也会看看这对年轻人，微微一笑。可悠悠却没有这样："哎呀，我说了我不坐！"

"车上太挤，你就凑合坐吧。""我不喜欢坐外面，还是你坐吧。"

悠悠想站起来，却被男友一把按住，吼道："行了，你老实坐着吧！"

可是最后，悠悠还是站了起来，男友又不好意思去坐，结果，眼睁睁看着那座位被别人霸占了。

下车之后，悠悠一路走，一路嚷嚷着脚疼。

"脚疼有什么办法？谁让你刚才死活不坐的？疼着吧！"男友说。

"那座位也不是靠窗的，我怎么坐啊？"

"你既然不要那座位，就别嚷嚷脚疼。""我本来就脚疼。"

"那以后让你坐你就老实坐着，别管是不是靠窗的。""我不。"

"那就别说脚疼。""我脚疼……"

"陈悠悠！你是不是为了闹我才专门生出来的？""呃……"

两个人在一起，总有磕磕碰碰，时间久了，谁也不知道爱情会在哪里转弯。而悠悠和男友天陇的爱情，就搁浅在"靠窗座位"这个浅浅的水湾上。

"真是有病，坐个座位也要挑三拣四。""真是过分，还不能有自己的习惯了。"

床上的两人背靠着背，抱怨着彼此。于是天陇收拾一下东西，搬到朋友家去住，而悠悠还是每天乘着公交车，坐在靠窗的座位上，看风景。

"女人嘛，总会找一件屁大点的小事出来，当成她这辈子最大的事，然后每天搬出来和你扯。"天陇的朋友德子说。

"有意思吗?""没意思,可谁知道呢?也许就有意思呗!你何必这么认真呢?"

天陇想想,也对,没有这种事,就有那种事,总之,何必那么认真呢?

悠悠生日那天,天陇买了蛋糕,又买了一顶草帽,拿着简单的行李回到家。悠悠不在家,她的行李箱也不在家。

"悠悠,你在哪儿?""我……"

"你现在在哪儿?"天陇的脸色阴沉下来。他才几天不在家,这女人居然就跑了?

"我在老家……我……奶奶没有了……"悠悠的哭声沿着几千里的手机信号,一直哭回家里。

"你在家老实待着,我去找你。"

"回头换巴士的时候,别忘了右边坐靠窗的位置。"悠悠抽噎着说。

"都什么时候了你还啰唆!""别忘了,是右边。"

天陇连衣服都没换就下了楼。他将蛋糕送给门卫的老大爷,提着行李,拿着草帽,踏上了悠悠的回家之路。他只陪着悠悠回去过一次,沿途的景色,他已经记不清了。直到从省城的火车站出来,踏上去县城的小巴士,天陇才意识到,为什么悠悠对靠窗的座位情有独钟。

悠悠家的县城在山里,从省城去县城的公路修在山上。天陇坐在右边靠窗的座位上,惊叹着大自然的鬼斧神工,以及人类文明的伟大奇迹。

狭窄的公路,仿佛轮子下面便是陡峭的悬崖。一望无际的平原、大河,还有茂盛的草场和零星的羊群。时间是日落时分,启明星跟着太阳一起,缓缓下沉,仿佛100克拉的钻石,在天上闪着光。而远处,是更远的青山。

小巴士又走了一个小时,天色暗了下来。天陇看到,在大河转弯的地方,飞起一座大桥，桥的那一边在山上，在山和山之间，卧着一座城。华灯初上，霓虹闪烁，映着转为深色的河水，仿佛天街的繁华。

"看，省城！"后座不知谁家的孩子在叫着。邻座的男人伸长脖子，越过天陇的身子，吃力地看向外面。"真的是省城，大城市，真漂亮啊！"那男人感叹着。

天陇惊讶了。这便是他刚刚换车的省城吗？原来，一座城市，可以这样美。

入夜，天陇在漫天星光下，走在县城的小街上。他仿佛是走在梦里，恍惚而沉醉。奇怪，上次来怎么没见过这景色？也许当时不是夏天。天陇想。

星星没有提醒天陇，上一次回来时，也是悠悠的生日，只不过天陇没有留意这幅美景。天陇出生在大城市，在他的印象里，美丽的风景便意味着落后的生活。

"别那么挑剔嘛！""这不是挑剔，是事实。"

走到悠悠家门前的小巷，天陇一眼就看到了大门上的那片白色。还有，站在白色下的那个小小的悠悠。

"悠悠！""天陇！"悠悠奔过来，还没到眼前，便又哭开了。

天陇抱着悠悠，手里还拿着要送她的草帽。

"悠悠，生日快乐！""你来的时候，坐的是靠窗的座位吗？"

这一次，天陇没有嘲笑悠悠。他忽然明白，悠悠的座位观并不是无理取闹，她只是想用这样的方式留住那一刻的美好，还有一切关于家乡的温暖。

从老家回去时，巴士上坐满了人。悠悠左顾右盼地找着，好不容易在车厢左侧找到两个座位，却是一前一后，挨着过道。正失望着，天陇却走过去，问那靠窗的男人："对不起，可以换个座位吗？"

"什么?"男人并不友善。

"我女友喜欢靠窗的风景,可以跟您换个座位吗?"

"我凭什么跟你换?"男人问。

悠悠扯扯天陇的胳膊:"天陇,算了吧。"

天陇拍拍她的手背,又转向那男人。"我替你付票钱,可以吗?"

男人同意了,他揣起天陇给的钱,嘟囔着:"有病……风景值几个钱!"

悠悠戴着天陇送的草帽,开心地坐在靠窗的座位上。对她来说,风景便是家乡的回忆。

大河再次流淌在脚下,悠悠看着省城的大桥。"当年,我就是从那里离开家的……"悠悠说,她向窗外探出头去,呆呆地看着悬崖下的平原。

一阵风吹过,悠悠的草帽"呼"地一下飞起来,飘到了空中。"帽子!"悠悠急了。

"没事,回去再给你买一个。""可这是生日礼物!"

"不要紧,就让它留在这里吧。"天陇说。

在靠窗的座位上,悠悠看着她的草帽在平原上空,越飘越远,就像她自己,离开那个小小的家乡,在这世上,越飘越远。

10. 火热的冰激凌

> 吃着冰淇淋,你的心会不会结成冰?你的眼睛,是不是也会,欲哭无泪?

火辣辣的感情,总生发在火热的季节,就像月季花,怒放在明媚的阳光下。可是德子却在这个火热的夏天,被他的女友甩了。"这真是球场一入深似海,从此女友是路人。"德子一边脱着湿透了的球衣,一边抱怨着。

分手的理由,据说是女友嫌德子光知道打球不知道陪她,也有朋友说,是因为德子每次打完球不洗澡就去约会,汗味太大了。在失恋的暴走时期开这种玩笑的人,自然被德子狠狠给了一拳。

"德子,你个二货!"一群朋友在酒吧陪德子喝着闷酒,德子的好闺密丁香突然开口骂道。

"你才二!你个男人婆!"德子恶毒地回敬。两人的面前,都摆满了酒瓶。

"说你二,你还不承认,你那婆娘最后是怎么跟你说的?"

德子突然就哑火了。他低着头,闷声灌了两杯酒,才抬起头,压着嗓子,一双通红的眼睛瞪着丁香:"她说,她说我就顾着打球,以后跟球过日子就得了。"

"阿德你过个球啊!"众人大笑。阿德撇撇嘴,又闷下两杯酒。

但丁香却急了。"阿德你个二货！你打屁的球你倒是打她啊！"

"我……我下不去手啊我！"阿德说。众人笑翻过去，阿德却懵了。

"阿德你个二货，丁香嘴里能说出什么正经话？"朋友笑他。阿德忽然哭了，他坐在丁香对面，真的哭得像个二货。

阿德肚子里，都是对前女友的不满，那些不满与怨愤结成一团大大的怒火，在夏日的高温里，不断升温。阿德的前女友从来不吃冰激凌，于是，这个夏天的阿德像疯了一样每天都往冰激凌店里钻。

"阿德，你不会是又看上卖冰激凌的小姑娘了吧？"

"你去死！信不信我喷死你？"阿德猛吸一口冰镇果汁，翻了个大大的白眼。

每次打完球，阿德都会在球场外的冷饮店里坐坐。冷饮店除了冰镇食品，还供应蛋糕、咖啡以及一些解暑花茶。但阿德只吃三色冰激凌，每次都要三份，每份三个冰激凌球。

第一份，他会狼吞虎咽地噎下去；第二份，他会细嚼慢咽地吃下去；而最后一份，他常常要坐在那里，用勺子搅啊搅，一直等到冰激凌融化，也吃不完。阿德真是个奇怪的客人。

"阿德，周末到闸北那边打球啊？""那边有冰激凌店吗？"阿德问。

"那谁知道！""那我不去了。"阿德说。

周末，大汗淋漓的他又钻进了冰激凌店。卖冰激凌的小姑娘长得瘦小，阿德能将她整个装下还绰绰有余。

阿德来的次数多了，她就不再多问，手脚麻利地舀了九个颜色各异的冰激凌球，分装在三个盘子里，又拿了一个勺子，递给阿德。

"谢谢。"阿德交了钱，端着冰激凌走到靠墙的座位坐下。

这一次，最后一份冰激凌融化后，阿德没有马上走。他蹭到柜台前，对那小姑娘说："下次，都要抹茶的。"

阿德喜欢抹茶口味那嫩绿色的冰激凌球，看着它们，他会想起前女友，她喜欢穿嫩绿色衣服。

去的次数多了，阿德便真的像朋友说的那样，和卖冰激凌的小姑娘聊了起来。

"你是外地人吧？""是啊！我在这边上学，暑假的时候就在这边打工。"

"不回家去吗？""太远啦，不好回的，光是在路上就要七八天。"

阿德点点头。

"你呢？"小姑娘问。

"我？我已经毕业了。""不工作吗？"

"还没有去找。"站在这个瘦小但坚强的小姑娘面前，阿德忽然有些脸红。

"再过一周，我就要开学了，到时候就不能来这里工作了。""为什么？"

"学校离得比较远啊，过来不方便的。"

阿德点点头。

"告诉你一个秘密。"小姑娘说。"什么秘密？"阿德问。

"我在试着自己做冰激凌，我想以后毕业了，也可以开个冰激凌店，这边这么热，一定很好卖。"

"这想法不错。""你要尝尝我做的冰激凌吗？"

"现在吗？"阿德吃惊地问。

"嗯……还是下次吧，你已经吃了那么多。""是啊，那下次吧。"阿德说着。

下个周末，阿德没有去打球，也就没有去尝小姑娘的冰激凌。当他再走进那家冰激凌店，发现原来的位置上站着一个男人。

"那个瘦瘦的小姑娘呢？""走啦，开学啦！"

阿德有些失望，他没能尝到小姑娘自己做的那款冰激凌。阿德忽然对吃冰激凌不感兴趣了,他只是好奇着,那个小姑娘自己做的冰激凌到底是什么口味的。

三年后,身边的朋友一半都已经结婚了,但阿德并不介意自己还是单身。能一起玩球的伙伴越来越少了,他们不是在公司加班开会赚奶粉钱,就是在家里洗衣做饭伺候月子,只有阿德还是那么自由。

"单身万岁!"阿德的背心上这样写着。

"阿德,明天去闸北打球吧!""好啊!"阿德说。

"听说那边开了家蛮不错的冰激凌店。""冰激凌?我早就不吃了。"

"那也去看看吧,他们说,开店的小姑娘很漂亮。""很漂亮?快告诉我地址。"

冰激凌店的装潢是嫩绿色的,像极了一块巨大的抹茶蛋糕。

当阿德头上冒着热气,一身汗水地走进那家装潢青嫩的冰激凌店,他愣住了。三年前的那个小姑娘!

"嗨!"小姑娘站在玻璃柜后面向阿德打着招呼,几年不见,她好像又丰满了很多。上了大学之后,女人还会继续发育吗?阿德忽然懊恼地回忆起那些在睡梦中度过的生物课。

"你怎么来了?""你真的开了家冰激凌店?"

"是啊,和朋友一起凑钱盘下来的,才开了不到一个月。"

"看起来真不错!需要服务生吗?"阿德问。

那姑娘笑了笑:"你还没尝过我自己做的冰激凌呢!"

当这款招牌冰激凌摆在阿德眼前时,阿德眨眨眼睛。"抹茶的?"他问。

"不是。""那是什么?"

这些冰激凌球明明就是嫩绿色的,怎么可能不是抹茶的?

"尝尝吧。"姑娘坐在阿德对面,笑眯眯地说。

阿德小心地刮了一口，放进嘴里。辣！一股火辣辣的气味直冲眉心，还伴着冷饮特有的冰冷凉气。"啊！"阿德艰难地叹口气，"居然是芥末……"

"怎么样？感觉火爆吗？"

阿德没作声。半晌，他抬起头，闷声问：

"你当年想让我尝的就是这种芥末冰激凌？""是啊！"

"你怎么能想出这么吓人的东西？""很受欢迎啊！"

"怎么可能？""火热冰激凌啊！"

阿德的眉毛跳了又跳。那姑娘接着说下去：

"你吃冰激凌的时候，不会觉得它要把你的心都冻成冰吗？""会。"

"不会有种走在冰窟中失魂落魄的感觉吗？""会。"

"既然这样，何不痛痛快快地让眼泪流出来呢……"

阿德似有所悟，女孩还在继续说着：

"有了芥末，心底再深的眼泪也能瞬间流淌出来，这样不是很好吗？"

原来，冰激凌是为了让人泪流满面的。在冰凉得快要昏厥的时候，喂给你一口火辣辣的芥末，让你将心里所有的冰冷都哭出来。哭出来，就好了。

阿德吃了两份火热冰激凌，剩下的那份，他没有动。他看着它们挤在一起慢慢融化，就像他曾经藏在心里、现在挂在脸上的泪水。

11. 六瓣丁香

> 他们牵着手走进这片花海，牵着手数尽繁华异彩，却迷失在一片五瓣飘摇的丁香花冢。

丁香是一种造型很优雅的花，却香气逼人；丁香是一个身材很优雅的人，却豪气冲天。她是那种走在大街上也敢整理文胸挂钩的女人，也是那种和男人一起讲内涵笑话不眨眼的女人，她是个外向型女汉子。

丁香有很多朋友，很多女朋友，很多男闺密。她还有一个男朋友，唯一的一个。

丁香在现实生活中是女汉子，但感情上却不是。她疯狂地爱着她那个天下唯一的男朋友。雨天，她会去送伞，冬天，她会去送衣服，她会为他买菜做饭收拾屋子，也会为他熨衣暖床擦洗车子，她会做从女友到妻子再到母亲的全部。然后，他们还是分手了。

分手那天下着雪。

那天，丁香出差回来，而男友在家休息。她没有打电话让他去接她，因为她是女汉子，不需要。到家时，时间已经很晚，丁香怕吵到男友睡觉，用钥匙轻轻开门。她摸黑走进屋子，不知在玄关踩到了谁的鞋子，"扑腾"一声屋子里很安静，卧室里，传来轻轻的呼唤声。"丁香，丁香……"

丁香的心跳快了起来，她能想象，男友在睡梦中，温柔地轻唤着她的名字。她推开了卧室的门。喘息声！还有，女人的香水味！

丁香伸手一把按住了电灯开关，却忘了松开手。房间里的灯在她颤抖的手指下一闪一闪，惨白的光线，打在那一对毫无保留的人体上，仿佛画室里亚当和夏娃的石膏像。

"丁香……"男友愣住了。

讽刺得很，那个活像夏娃的女人，也叫丁香。但那是真真正正的丁香花，小巧、柔弱、香气逼人。而丁香，却像是花朵摇落后那一树翠绿，舒展、不羁、粗枝大叶。

那一夜，丁香砸烂了男友家的一切，然后跑上了落雪的街头，又到朋友红嫣家里喝得烂醉，扯着她嘟囔：

"我要改名。""为什么？"

"太普通了。""那你要改成什么？"

"丁贱。"丁香咬牙切齿地说。

"我怎么觉得更普通了呢？""不用你管！"丁香嘟囔着。

"我听说你把前男友家的东西都砸了？""我看不顺眼。"

"那你可千万别看我的店铺不顺眼。"红嫣说。

"不会，你是女人嘛！我不打女人的。"丁香说。

"丁香，一起去爬山啊！"朋友打来电话。

"丁香不在家！""别闹，怎么会不在家呢？"

"家里只有丁贱！""丁健是谁？是你大爷吗？"

"是你大爷！你想打架吗？"丁香怒了。

"别别，别生气。我们现在就在你楼下，你快换衣服下来，别让大伙儿等你。"

丁香挂断电话，套上牛仔裤，蹬上旅游鞋，拿起手机和钥匙下了楼。朋友们正在楼下等她。"不是吧丁香，你连钱都没带啊！"

"你们找我出去玩，我干吗要带钱。""……"

明明有登山索道，可丁香坚持要徒步上山。"要坐缆车你们坐，我自己爬。"

"那样容易走散。""无所谓。"

"你又没带钱。""不要紧。"

就这样，丁香大摇大摆地在众人的瞠目结舌中登上台阶，向上走去。

"现在怎么办？"大家面面相觑。

"呃……按计划吧！"

这座山上，有一处著名的景点——"丁香雪海"，从山下乘坐缆车，再走不到二十分钟就可以到达。

丁香知道那"丁香雪海"，那是她和前男友每年都去的地方。但今年，她不想去。她只想沿着一级一级的石板，奋力地向上攀登。她想流很多汗，因为汗流尽了，就不会再有眼泪。

登山的人很多，一路上，都在说着"丁香……丁香……"。那声音，将她带回上百个日日夜夜之前，在那冰冷的夜晚，她的前男友，抱着另一个女人，却呼唤着她的名字。

所以，她现在已经不再是丁香，而是丁贱。

前面就是香风顶，再翻过去，走上不到一个小时，便是"丁香雪海"。丁香知道，朋友们一定是乘着缆车去了那里，去看那一年一度的盛开。她不打算去看雪海，但她必须走到那里，去和他们会合。

站在香风顶，丁香花浓郁的香味随着山风扑面而来，丁香闭上眼睛。"还记得吗？

"在这里，我们说好要一直走，你做家长，我做家务。

"我们说好要带着孩子一起来，你背着他，我背着包。

"等到老了，我们还要一起来，你扶着我，我搀着你。

"可是现在，你在抱着谁？你还记得吗？我还记得呢……"

"啊——啊——"

向着寂寥的苍山，丁香拼了命地叫着。尖厉的嗓音夹带着风声，飞过树顶，飞向天空。那长长的尾音，就像那个冬雪的夜晚，她留下的那串长长的脚印，从他的心里，一直向前，走到世界尽头。

当丁香一身汗一嗓子烟地站到景点门口，那伙人还是没有出来。

"喂，你们磨蹭什么！我山都爬完了你们怎么还没出来！"丁香对着手机吼。

"丁香，你进来吧，进来说。""我不进去。"

"你进来吧，我们都等着你呢！"

"我没钱买票，拿什么进！"丁香彻底怒了。她直接掐断电话，一屁股坐到门口的大石上。

十分钟后，红嫣气喘吁吁地跑到门口。"丁香，丁香！"红嫣递过一张红色的毛爷爷。

"我不叫丁香。"丁香站起来。

"别闹了，快买票跟我进来。"

丁香跟着红嫣，走到一处空地。大家都席地而坐，围成一个圈子。圈子里，铺满了丁香花。"丁香，快过来！"阿德叫着，扔了瓶水给丁香。

丁香忙不迭灌进嘴里，接着，她抹抹嘴，疑惑地看向那一地的花朵："怎么？"

"丁香，你听过六瓣丁香吗？"

传说可以带来好运的六瓣丁香，是丁香中的限量版。从科学的角度上看，这只是一种细胞变异，可是，满树满眼的五瓣丁香里，忽然发现一朵六瓣丁香，谁都会忍不住感叹自己的好运。

"六瓣又怎样？不稀奇，我还见过三瓣四瓣八瓣的呢！"这一次，丁香所言不虚。那一年，她和前男友在这片花海中转了一圈又一圈，数遍了所有的花朵，数到了所有的惊喜和好运。

"丁香，和你重名的人是不是很多？""给我闭嘴！"

"但你要知道，你是那朵最特别的丁香花。""放屁！我要是最特别，就不会被人戴绿帽子！"说着，丁香的心里抽搐一下，没了声音。

"我们今天来，是想告诉你，你是整片花海中最特别的那一朵，是那朵能给人带来希望和好运的丁香花，你是我们所有人的六瓣丁香……"

他们的声音那么整齐，仿佛已经排练过无数次；他们的感情那么深挚，仿佛要将整颗心捧出来。这让向来豪放的丁香忽然安静。

她的眼泪，缓缓流下来，在一袭洁白的花树前。仿佛是一朵盛开的丁香花，旋转着落下。"谢谢……大家……"

其实，她并没有错，只是她有点特别；其实，他也没有错，只是他有些普通。他们牵着手走进这片花海，牵着手数尽繁华异彩，却迷失在一片五瓣飘摇的丁香花冢。

曾经，她在他的世界里，用力去爱、去呵护；今后，她要在没有他的世界里，用力地绽放，只为了她比别人更特别的那一点点。

因为这一点点，让她拥有比别人更特别的——整个世界。

12. 女王与水晶球

这真是一个美好的童话故事，像每一份爱情一样，美丽的，甜蜜的。

红嫣有一家小小的礼品店，店里摆满了水晶球。小店开在商业街旁的小巷里，有时候，年轻的男女逛完街，会路过她的小店。

红嫣喜欢水晶球，就像每个女孩童年时都喜欢公主的长裙。"妈妈，给我买这个水晶球好吗？"7岁的红嫣趴在商场的礼品柜台问。

"哎呀，没有用的，还占地方，走吧。"

"可是妈妈，很好看啊……"红嫣还趴在柜台上，一只手扯着母亲。

"是啊，是好看，但你没空玩啊。"

红嫣跟着母亲离开了，但她的眼睛还看着那个晶亮的水晶球，里面是一片雪白的天地，红顶的房子上，飘着雪花。

"小嫣要过10岁生日了，想要什么啊？""我想要水晶球。"

"要那个干吗？你又不是女巫。""……"

再长大些，父母开始给红嫣零花钱。"攒下的钱要买什么呀？"

"嗯……水晶球。"红嫣想一下回答。

"那种东西，哪有自己买的，都是别人送的。"母亲笑着说。

"可是没人送我啊！"红嫣争辩。

"嗯，等你有了男朋友，让他送你。""……"

那一年，红嫣12岁。后来，很多年过去，红嫣有了一家小小的礼品店。

"想卖什么呢？""水晶球啊！"红嫣想也不想地回答。

"水晶球都给你憋出病来了？"母亲坐在镜前，染着她已是斑白的鬓发。红嫣只是笑笑。

"你知道为什么虽然我总说要买，却一直没买吗？""为什么？"

"其实我也觉得没用。""本来就是。"

人就是这样，明明知道没有用，却还是拼命喜欢着，魂牵梦萦着，念念地不忘。就像红嫣的水晶球，就像这世上的很多、很多人。

红嫣的店里，有各式的水晶球。

大的，小的，动物的，人物的，旋转的，音乐的，有碎金的，有雪花的，送情人的，送家人的，送孩子的，送同事的。甚至，她还联系了一家小小的工作间，专门订制水晶球。所以她的店虽小，但生意一直不错。

有时候，当阳光从大门照进店里，或是昏暗阴雨天的灯下，水晶球仿佛一只只闪亮的眼睛，整个小店都会笼罩在梦幻般的光彩中。每到这时，红嫣总会觉得，她的世界里只有这些水晶球，而她，便是这世界的女王。

她不会像女巫那样透过水晶球，看着自己心爱的人，但她还是爱着这一只只晶亮润泽的圆形世界。

在红嫣的小桌上，摆着一个特别的水晶球。薄薄的底座，像细沙一样，平缓地铺在水晶球下。水晶球里，只有一颗红色的心脏。火红的颜色，平躺在淡蓝色的水晶砂上，仿佛是一场睡在浅海的爱恋。

"这个真漂亮，多少钱？"一个冬天的午后，阳光淡薄，空气阴冷，红嫣的店里进来一个女孩，她一眼便爱上了这个水晶球。

"对不起，这个不卖的。""不卖吗？"女孩的声音里满是失望。

红嫣不禁从书里抬起头，看向这个女孩。女孩长得瘦小，穿着羽绒服，戴着一顶温暖的毛线帽子，露出小小的干净的脸庞，透出稚气的憧憬。

"还有很多种啊，你可以再看看，总会看到喜欢的。"红嫣笑着说。女孩点点头，看向周围，但那眼神却还时不时地瞟着那颗火红色。

"真的不能卖吗？"女孩问。"不能呢。"

"那这款还有没有？可不可以再帮我进一个？"

"这……"红嫣犹豫着，是不是要告诉女孩，这个水晶球其实是定做的。

"可以吗？我想送人……一个很重要的人……"女孩低下头，却还是没挡住她忽然变红的脸。

"这个水晶球，是之前一个朋友送我的，是定做的，所以……"

女孩抬起头："这样吗，那……那就算了……"她令人心疼地收起了失望的神情。

"我想说的不是这个，其实你看，它是坏掉的。"

"坏的？"女孩惊问。

"喏！你看。"红嫣伸出手，将那水晶球向上一提。

"哧"一声，球体带着几颗浅蓝色的水晶砂，离开了底座。

"它被我弄坏了，里面没有水，只剩下一个空壳。"

"这样啊……其实也无所谓的，我可以把它粘起来……"女孩喃喃说着。

红嫣看着眼前的女孩，她还是少女的样子，眼睛里也写满了少女细腻动人的情怀。"是想送给喜欢的人吗？"红嫣问。

"啊？"女孩一下子抬起头，不好意思地笑了，"啊，是的……"

"那，我帮你想想办法，你一周之后再来吧。"

"真的吗？太好了，谢谢你！"女孩的眼睛笑成两道月牙，加上弯弯的嘴角，好看得很。

女孩道着谢走了，留下红嫣一个人，对着那颗火红色的心脏发呆。

那天晚上，红嫣将水晶球带回了家。就如母亲所说，水晶球是应该别人送的，这个水晶球便是她的男友为她定做的。

"怎么只有一颗心？""一心一意啊？"

"为什么一晃砂子就把心整个遮住了？"

"淘尽黄沙始得金嘛！而且，纵然被时光的沙石掩埋，我们的爱情也一样鲜艳地怒放着。"

红嫣幸福地笑了。这真是一个美好的童话故事，像每一份爱情一样，美丽的，甜蜜的。她常常晃动水晶球，让浅蓝色的水晶砂覆住那颗火红色，然后，再轻轻地摇着，让那颗心慢慢地显露出来。

他常说，只有当浪沙淘尽，方可一见初心，而当时光坠入沙漏，他却已不知身在何处。

红嫣将水晶球摔在地上，看着那颗心脏摔成一地的眼泪，一地的回忆，就像她自己的那颗心。从此以后，红嫣的水晶球便只剩下空壳，漂泊在这个太过空旷的世界里。

于是红嫣开了这家小小的礼品店，有了很多很多的水晶球，来陪伴、来掩藏那颗火红色的却早已干涸的心脏。那里，还住着红嫣对于他最后的一丝回忆。

夜深了，红嫣还坐在沙发里。她轻轻地叹口气，接着，找来工具，小心地将水晶球注满净水，在球的颈口涂上胶，拿起底座，慢慢地扣在一起，也将她最后的回忆关上了。

红嫣将水晶球重新放回桌上。过了一周，女孩没有出现。第二周，她还是没有出现。

"这个水晶球好美，世宇，我们买这个吧！"一个妖冶的女人紧贴着男友说着。

"对不起，先生，这个水晶球不能卖。"

"不卖？怎么可能？你这里不就是卖水晶球的嘛！"

"这个真的不能卖。"红嫣坚持。

女人看看男友。"这样，你开个价，多少钱我都要。"男人说。

"真的不行，让你们失望了，我不能卖。"

那女人的笑容僵住了。"算了，我们走！"

"不然……你把这个先卖给我们，然后你再买一个给自己。"男人坚持着。

红嫣摇摇头："对不起，真的不行。"

她在等那个女孩。那个笑起来脸上会有三条月牙的小女孩。

终于，在初春的一天，女孩出现了。失神的目光，惆怅的神情。见到红嫣，她疲惫地笑了一下。

"你的水晶球。"红嫣说。

女孩却摇摇头："不要了，谢谢你……"

红嫣张张嘴，却没有问。她看着女孩站在一个盛着爱神的水晶球前，泪水比水晶还要清澈。"他……有喜欢的人了……"

第三辑
了无心意间

有些事我们无心，有些事我们有意。
而世间的很多，却是叫人在无意间动了心。

第三辑
了无心意间

1. 梦中的马达声

人的感情，真的很奇怪。你至亲的，你痛恨的，你所不原谅的，仅仅只是，本该在你身边的那一个人。

在"嗡嗡"的声音中，世宇在深夜一点半挣扎着醒来。他又梦到了那个声音，那逐渐远去的马达声，他又看到了那个场景，那在雨中逐渐模糊的吉普车身。

那是他曾经痛恨、如今拥有，并将伴随他一生的记忆。

世宇小时候，家里穷得什么都没有。等他大了一些，家里又穷得除了钱什么都没有。父亲炒股挣了钱，又跟着一群朋友投了房地产，因为开始得早，到世宇长大时，家里便只剩下钱。

父亲是个粗人，近酒又近色，挣到钱没几年，就气走了世宇的母亲。世宇跟了母亲，对他来说，关于父亲的印象，最多的便是每月的抚养费，很大一笔数额，却没有丝毫温度。于是世宇心里，也总是少了些温度。

他成绩不错，随着时光流逝，他越长越有型，可是在心里，总有一处昏暗的角落是不能触碰的。那是关于父亲、关于家庭、关于青春期的缺失。

当他再长大些，父亲开始有意无意地让他帮忙处理事情，世宇知道，父亲想让他接班。世宇不喜欢父亲,但看着母亲的皱纹早早地攀上眼角,世宇点点头,坐进了父亲的汽车。

那是一个下雨的傍晚,他跟着父亲走出家门,坐进父亲的汽车,离开生活了十几年的温暖的家。世宇不知道,母亲在门里伴着雨声哭了多久。为了这些年的含辛茹苦,为了那个曾经负心的男人夺走了她的儿子。

"世宇,说实话,你是不是为了钱才跟你爸回去的?"姨妈家的表姐英翘问。

"这还用问吗?你眼睛瞎吗?"世宇掐灭一根烟。

英翘撇下嘴。"你最好跟我姨说清楚,不然,她会觉得你们爷俩合起伙来把她抛弃了。"

"她是这么说的?""嗯。"

世宇慢慢地点点头。

"世宇,如果你恨他,就别和他一起工作了,早晚会出事的。"英翘忽然说。

"能出什么事?"世宇满不在乎。

"我不知道,我只是觉得,心里不踏实。"

"没事,习惯就好了。"世宇没有说,是英翘习惯了就好,或是他自己习惯了就好。只是,他再见到父亲时,脸上的肌肉还是那么僵硬。

世宇的车开得很好。他的车行驶在路上,就像他的人一样,无声的,阴沉的。

"世宇啊,今天你来开车,我们去华成大厦找人做审批。"父亲拿着一叠资料走进世宇的办公室。世宇点点头。

"今天是你妈生日……等办完事,你早点回家吧。"

世宇一愣,抬头看过去。父亲笑了一下:"怎么?你以为我早不记得了是吗?"

"是的。"世宇说着,叼了根烟在嘴里。

"少抽点,你以后抽烟的日子还长着呢,急什么?"父亲说。

世宇透过缥缈不定的烟雾,看着父亲。他忽然觉得自己似乎并不了解父亲,就像他的母亲,可能也不了解他的父亲。

世宇的父亲现在是一个四口之家的男主人。他离婚后,娶了一个年轻的女人,生下两个女儿,大的7岁,小的4岁,长得很可爱,像他后来迎娶的女人一样精致。

但是,父亲却还记得母亲的生日。世宇记得,父母离婚前好几年,父亲都不再给母亲买生日礼物,他好像早就忘了那个女人还有生日。现在,他反而在提醒着世宇,别忘了生日。

有时候,人的感情真的非常奇怪。

那一天,下着雨,世宇的车子飞驰在去往华成大厦的路上。那一天,是母亲的生日,父亲就坐在副驾驶的位置上,没有系安全带。

世宇的心里,时断时续地想着关于离婚和生日的事。忽然,他用眼角瞄了一眼坐在身边的父亲。外面下着雨,如果现在发生车祸,副驾驶的位置,总是最不安全的地方。世宇忽然想起母亲,她那花白的头发,眼角深深的皱纹,还有眼神里对父亲深深的恨意。

如果在今天的雨里,父亲遭遇车祸,她会高兴吗?也许不会吧……

下一秒,世宇忽然因自己的这个想法感到一阵阵发冷,这便是人心,便是他的人心吗?他的心底原来是如此阴暗可怕。原来,真正恨着父亲的人,其实是他。可是,在十分钟之前,他还坐在办公室里和父亲谈笑风生。

有时候,人的感情真的非常奇怪。

他们正在穿过一个十字路口。忽然,一辆卡车撞到隔离带,直奔他们而来。

"快躲!"父亲叫道。世宇狠狠打着方向盘,想躲开失控的卡车。车身旋转着,滑向对向车道。

"小心!"在高度紧张中,世宇忽然感到,父亲没有系安全带的身体一下扑在他身上。紧接着,"咣当"一声,整个世界都震动了。

世宇看见,一辆吉普车的车头撞在他眼前。马达"嗡嗡"地转动着,滑进他生疼的耳膜,那声音不断远去,不断减弱。世宇眨眨眼睛,看着眼前那辆吉普车的车身,在雨水的冲刷中逐渐模糊。

仿佛安静了很久,很久。世宇慢慢张开眼睛。

一片白色,就像天地间刚刚下过一场大雪。接着,慢慢地,他看到了吊瓶架、吊瓶、牵引器,还有坐在床边的母亲。他忽然记起,那场大雨中,逐渐远去的马达声,还有逐渐模糊的车身。"妈。"世宇张开口。

"你醒了?你终于醒了!疼不疼?"母亲问。

世宇轻轻摇摇头,他看看母亲满脸的泪水。"妈,别哭,我没事……"

母亲点着头,眼泪却流得更多了。世宇眨眨眼睛,忽然问:"我爸呢?"

母亲的眼泪奔流而下,世宇心里一沉。

"你爸,你爸没事,就是遭了好多罪,他趴在你身上,好多地方都骨折了……"

世宇闭上眼睛。这比他担心的情况好多了。在浑身逐渐转醒的疼痛中,世宇看着母亲的眼泪。原来,父亲受伤,她竟如此难过。

原来,人的感情真的很奇怪。

两周后,世宇在母亲的搀扶下去探望父亲。他那依旧年轻的继母正坐在床前,两个女孩正在房间里玩着。

"哥哥,你还好吗?"大一点的女孩问。世宇点点头。

"哥哥,你好像木乃伊……"小的女孩说。

"不许胡说!"继母说着,站起来让出座位,"世宇,坐这里。"

世宇坐在父亲的病床前,胳膊和腿上还缠满纱布绷带。

"到底是年轻人，比我这把老骨头恢复得快多了。"父亲感慨着，语气里却满是欣慰。

世宇脸上的肌肉动了动，半晌，他才开口："下次坐车，别忘了系安全带。"

父亲笑笑。"要是我这次系了安全带，就动不了啦！"

世宇没作声。他们的车子在对向车道被正面撞到，若不是父亲最后一刻将他推到侧边，他一定会被方向盘挤到半死。不知因为睁久了，还是因为伤口未愈的原因，世宇的眼睛忽然有些酸。

"世宇，我这次之后，恐怕真的是要退休了，以后公司的事，就由你做主吧。"

"这样……好吗，毕竟你不只有我一个孩子。"

"不要紧，你不会亏待她们的。"

阳光从窗口照进来，照着世宇父子俩，照亮了他们各怀心事的现在和曾经。

那一夜，世宇梦到逐渐远去的马达声，还有在雨中逐渐模糊的吉普车身。在梦里，他感觉到父亲的存在，有温度的存在。那是他曾经痛恨、如今拥有，并将伴随他一生的记忆。

2. 坠落的秋千

> 我不是在等你回来，我只是在等着时间磨洗，等着过去一点点被镌刻。

吱呀，吱呀……游乐园的秋千在轻轻晃动，雨水落在秋千的座位上，滴答，滴答……

当一个人还剩下回忆，那么，他便是富有的；当一个人只剩下回忆，那么，他便是寂寞的。英翘便是这样一个寂寞的富翁。

英翘才刚刚25岁，但对于她来说，仿佛已经度过了好几个二十五年。小时候父母忙，她总是一个人上学，一个人放学，一个人吃饭，总是一个人。长大之后，当父母开始有时间休息，当身边适龄的朋友开始认识更多的朋友，英翘却特立独行地习惯了一个人。

"英翘，什么时候结婚呀？""八字就我这一撇，还没找到捺呢！"

一天，她最亲密的朋友小恩问："英翘，你每天晚上出去干什么？""散步啊！"

"散步？你又不是老人，你散什么步啊？""消食呗。"

在小恩怪异的注视中，英翘慢条斯理地回答。英翘想，自己一定是提前步入了老年期。

每天晚上，英翘都会出去散步，散步的终点便是家附近的一座公园。公园里，有一座游乐场。英翘的家在这里住了很多年，她从小就知道，游乐场里有一个秋千架。

公园就坐落在放学的路上，每天放学，英翘都会带着面包和牛奶，在秋千上坐一会儿。面包和牛奶，有时候，是牛奶和面包，这便是她每天的晚饭。

那时候，通信还不发达，汽车行业也一样不发达，夜晚的天空，总是很热闹。英翘常常会在秋千上一直坐着，坐到星空渐密，坐到月色清明。秋千轻轻地晃着，她在秋千上，静静地发着呆。

"你这么晚还在外面闲逛，家里人不会骂你吗？"那天，11岁的英翘正在数星星，一个声音在身后响起。英翘回过头。问她的，是一个十四五岁的男孩。

"那你呢？你为什么也在外面？""我才放学。"

宋青是初中生，放学时间会比英翘晚一些。

"我注意你好几天了。你住在附近吗？"宋青问。

英翘摇摇头："我不会告诉你的。"

"为什么？""因为每个坏人都会像你这么说的。"

"好吧，那我以后不和你说话了。"宋青转身走了，背着他那大大的书包。

英翘看着他的背影消失在一树沙柳后面。头顶的星星忽然变得不那么有趣了，英翘叹口气，站起身回家去了。

第二天晚上，当英翘数到第36颗星星时，宋青又出现了。

"你不是说，不和我说话了吗？"

"你这个小丫头，还真小气。"宋青笑了，他笑起来的样子很和善。

"大丈夫一言既出，驷马难追。"英翘翻着白眼。

"好吧。"宋青又走了。英翘看着他离开的背影，放下手里的晚饭，撅起了嘴。这个人，是专门来逗她玩的吗？

第三天晚上，没有星星。英翘仰着头，看着头顶密布的乌云。身后响起脚步声，英翘没好气地开了口："你要是不想聊天，就别没事总来逗我玩。"

"小妞，你说谁逗你玩了？我可以帮你教训他！"一只手搭在英翘的肩膀上，她的身后，响起一个不那么和善的声音。

在春末的夜晚，英翘倒吸了一口冷气，她慢慢回过头。两个叼着烟头的男人正虎视眈眈地看着她。男人还很年轻，大约二十出头的模样，但英翘已经无从分辨。她只看到，他们身上明晃晃的铆钉，还有那漆黑的皮裤和皮手套。

他们一个戴着闪亮的耳环，另一个头发是金灿灿的黄色。

"对不起，请你们放开她。"宋青的声音适时地响起，英翘顿时松了口气，忙不迭站了起来。

"怎么？这是你女朋友？"金发男人扔掉烟头，问。

"是又怎样？"宋青问。

"哈？校园恋情？挺浪漫啊！"耳环男人的声音里充满讽刺，"她叫什么？"

"叫韩香。"

"这名字不错，"耳环男人说着，凑向英翘。英翘能闻到，那男人口中正散发着一股股劣质酒气，她几乎要将喝下的牛奶吐出来。"你叫韩香？"

在一阵又一阵的翻江倒海之中，英翘用力地点着头。

"小兄弟，你的小女朋友今晚借我们用一下吧！"

耳环男人笑嘻嘻地伸手勾住英翘的脖子。英翘狠狠地打了一个寒战。

"放开她。"宋青走上前，那金发男人一拳打过去，宋青的身子向后倒去，摔在秋千上。

接着，还不等英翘叫出声，宋青已经抬起一脚将金发男人踢到一旁，直扑向英翘身旁那戴着耳环的男人。"我让你放开她！"

"真没想到……"看着落荒而走的两人，英翘喃喃地说。

"胆小鬼！"宋青说着，擦擦额头上渗出的血。

"真没想到，你居然还会打架。"

"我不会打架，我只是练过跆拳道，这是两回事。"

"谢谢你。"英翘轻声说。不知什么时候，雨点落了下来。两人从书包里掏出雨伞，一红一蓝，一起凑成了鲜艳的青春。

"我送你回家吧，以后没事不要在公园里闲坐了。""可是……"英翘低下头。

走在回家的路上，英翘得知，宋青跟着家人刚搬来不久，还没什么朋友。而英翘是个走到哪里都不会有什么朋友的孤僻孩子。

"我回家了也是一个人……""那你也不能总待在公园吧？"

"……"英翘低着头，数着自己的脚步。

"那……以后我陪你吧。"于是从那天起，小小的游乐场里，有两个人，每天数着星星。

宋青额角的伤疤，过了很久才慢慢消退。

那一年，英翘14岁。她的放学时间也变晚了，但是宋青的时间却更晚。她和宋青依然每天趁着夜幕低垂，坐在秋千上，数着最近最亮的星星。她也会听着宋青讲这个星座的传说，那个星座的故事。

有一天，英翘来到公园，却发现秋千慢慢地晃动，宋青正坐在那里。

"今天怎么这么早？"

"我要走了。"宋青说。英翘愣住了。

"就像几年前我突然跟着家里搬来一样，现在，他们要搬走了。"宋青说着。

秋千在吱呀、吱呀地晃动，扯着英翘的心，荡来荡去。"以后，还能再见面吗？"

"也许吧，把你家的电话号码告诉我。"

后来，宋青打来电话，告诉英翘，他要出国了。

"那么，你还会回来吗?" "这个，要看情况。"

"以后，还能再见面吗?" "有空我会给你打电话的。"

再后来，便没有后来了。英翘想，以后，大概再也见不到他了。那个叫宋青的，额角有疤，会为她打架的男孩。

终于，游乐场的秋千要拆掉了。他们说，要换一种更刺激的游乐项目，但是，秋千要被拆掉了。

英翘撑着伞，在下雨的夜晚，一个人坐在秋千上。这架秋千已经很多年了，秋千前的土地已经被孩子们的脚，磨出了深深的坑道，就像岁月将我们的过去，写上眉头。

周围很安静，仿佛连时间也陪着英翘一起静止。天地间，只剩下跌落的雨滴。秋千轻轻晃动，雨水落在面前的水坑里，仿佛一个又一个的回忆，晃动心房。

她不寂寞，因为，她还有回忆，很多个夜晚的回忆。可是，她又觉得自己寂寞，因为，留给她的，只有回忆。

英翘并不是在等宋青回来，她只是在寻找那段回不去的时光。她喜欢一个人静静寻找，静静守候，等待着有一天，美好的记忆回来敲门。

3. 海角细沙

> 最美好的感情，未必能长相厮守，但两个人在一起的每一天，一定都是值得纪念和感恩的。

小恩的床头挂着一个玻璃瓶，瓶子里盛满细沙。沙是浅白色的，仿佛是阳光下温暖的空气，凝结成细密的一粒又一粒，落进小恩的瓶中。

每次看到瓶子，小恩总会想起，在那南国炽热的阳光下，横亘眼前的那一道长长的白沙滩。那是他们的第一个纪念日。

甜蜜的爱情，就像南海上游行的骄阳，无时无刻不在大声地对着这个世界，宣称"我爱你"。那一年，小恩和她的男友，带着爱情出发了。

"交往第一年就去天涯海角，那蜜月的时候怎么办？"小恩在杞人忧天。

"蜜月的时候就去马尔代夫好了！"男友在宽大的座位上坐好，摘下墨镜，系好安全带。

"可是好贵的！"

"要不你这辈子还想度几个蜜月？" "呃……"

"小恩。" "嗯？"

"你说，若是这次航班出了故障，那我们就是同年同月同日死了。"

"别瞎说！吓不吓人！"小恩一巴掌打过去。

于是，当小恩走下飞机时，她为自己还活着感到无比幸福。机场外，热情的海风正等着他们。

男友喜欢游泳，但小恩不喜欢。小恩总是等在沙滩上。

她喜欢细沙抚摸脚趾的感觉，它们争先恐后地拥进她的指缝，再随着脚掌的抬起，像潺潺的溪水一样落下去。她也会用手挖一个大坑，将两只脚深深埋进热腾腾的细沙。炙热的沙滩，仿佛是冬天夜晚男友的胸膛，毫无保留地温暖着小恩的双脚。

随着小恩裸露在外面的皮肤变得越来越黑，他们的假期也快要结束了。临走的那天早上，男友找来一个干净的玻璃瓶递给小恩。"拿着。"

"要做什么？"小恩抱着瓶子，呆呆地看着男友。

"我们再去一次海边。"男友揉揉小恩的头，说道。

"来，把它放好。"在那个小恩用来暖脚的海滩上，男友俯下身，舀起一捧一捧的细沙，和小恩一起，慢慢地灌进瓶子里。

"好了！"当瓶子灌到一半时，男友停了下来。

"为什么不灌了？""灌得太满，里面的沙子怎么流啊？"

"哦……"小恩点着头，"你说得真对。"

回家后，男友在玻璃瓶的颈部绑了一根绳子，送给小恩。小恩将它挂在床头，日看夜看，每看一眼，她都能想起那次旅行，还有男友胸怀的温度。

他们没有去看天涯海角，因为男友说，要把最有意义的留到最好的纪念日。小恩不知道，他说的最好是指哪一次，在小恩看来，哪一次都是好的。

所以，当男友对她说"小恩，我们分手吧"，小恩的眼睛眨了很久很久，她努力想听懂他在说什么。

"唉，傻瓜，我们分手吧。""这一次，又是为了什么？"

"我们……不合适。"男友的身子晃了一下，轻声说。

看多了肥皂剧的小恩，不想去追究什么叫不合适。她只是乖巧地点着头，转身回了家，抱着瓶子，偷偷流泪。

一直都是他在迁就她，他在照顾她，所以，当他说要离开时，小恩竟找不到一丝可以挽留的借口。她只能像平时一样乖乖地，看着他走出她的生活。而那曾经温暖的瓶子，似乎也散尽了温度，只剩下寂静无声的细沙，沉睡在干净的玻璃中。

"小恩，我们出去玩吧。"朋友静雅说。"去哪里？"小恩问。

"随你啊，你应该出去散散心了。""那，去海南吧。"

"行啊！我还没去过呢，你正好可以给我当导游！"静雅说完，却忽然想起，"不过小恩，去海南，你真的可以吗？"

"有什么不可以，海南又不需要通行证。""……"

小恩明明知道，静雅说的不是通行证，而是她那颗受伤的心脏。她又想起床头的玻璃瓶。这一次，带上它一起去吧，就假装是有他陪在身边。

在细沙的海滩，在海浪触不到的地方，小恩再一次将自己的脚埋进沙里，也将玻璃瓶埋进了沙里。她要用这片海滩，温暖自己，也温暖那个冰冷的瓶子。

"你知道吗？沙子，是海的眼泪。"小恩躺在沙滩上，对静雅说。她轻轻地抓起一捧沙子，看着它们从指缝流出，重新落回沙滩上。

"海是湿的，眼泪却是干的，你还真会想。"

"不是你说的那样，海是咸的，所以，海水的眼泪一定更咸，它们不需要蒸发，就会变成一粒一粒的沙子。"小恩看向绵延的沙滩。

"沙子，是比海水更咸的眼泪。"她喃喃地说着，抱起了自己的瓶子。瓶子里装着的每一粒沙子，都是比海水还要咸的眼泪，都是小恩的眼泪。

小恩陪着瓶子，带着静雅，来到天涯海角。那块矗立千年的南天大石，仿佛在等待着每一个远道而来的游人。

曾经，这里是世界的尽头，思念再远，也飞不过海角天涯。而现在，有太多太长的彼岸，在海角与天涯之外的更远处。那些在海角天涯许下的誓言，转眼便飘向了更渺远的虚空。

小恩的心，一阵酸楚。她终于到了海之角、天之涯，在这个不能再远的地方徘徊。而他却在更远方，在那个她无从追赶的下一个世界尽头。

小恩打开了瓶子。瓶身一倒，细沙流淌，飘散在海风中。
"小恩，你要做什么？"静雅问。
"换沙子。"小恩说。风带着瓶中流出的沙粒，融进沙滩，转眼消失不见。就像他带着他们的过去，走入人海，再也分辨不出。

慢慢地，瓶子里露出一张叠好的纸条，小恩心里一颤，手中的瓶子，更加倾斜。她能听到流沙的声音，伴着海风，仿佛是每个午夜她的低声细语。最后，瓶中只剩下那个小小的纸条。小恩看着瓶中孤零零的纸条，愣愣地发着呆。

"小恩……小恩。" "啊？"
"这是什么？" "不知道，他没说过……"
小恩低下头。也许，男友将纸条放进瓶子时，是打算以后换沙子时让小恩自己发现的。没想到，纸条出现时，他已经不在身边。

小恩使劲抖了抖瓶子，她将小指伸进瓶颈，小心地钩出了纸条。一层，又一层。纸条慢慢展开，男友那熟悉的字迹也透过纸张，变得越来越清楚：

"小恩，不知道当你看到它时，我们在哪里，是不是还牵着手走在一起。但无论怎样，我都想说：感谢你像弱不禁风的花鸟，陪伴左右，让我的生活，每天鸟语花香。感谢有你陪伴的每一天，带给我幸福快乐的每一天。小恩，我爱你。"

海角的风灌进鼻翼，吹得小恩的鼻子酸酸的。她蹲下去，将空空的瓶子插进沙里，拿着那张纸条，哭开了。在这片喧闹的海滩上，小恩忽然很想他。

离别时，才看到你写满天地间的誓言；分开后，才读懂你深藏在瓶底的感动。想念的，是你说我们要一直一直这样；感谢的，却是我们手牵手走过的时光。

小恩坐在被日光晒得滚烫的沙里，看着海水攀上沙滩，轻轻地冲刷，徒留平沙一片，她看着海潮抹去沙滩上的泪痕，温柔地触碰着她的回忆。

坐在大海咸咸干干的眼泪上，小恩却丝毫不再觉得悲伤，她只是举一捧白沙，灌向瓶口。

就像曾经的他还在面前，和她一起，捧起海角细沙，看它们争先恐后一粒粒滑落在瓶中，一丝一丝覆盖、一寸一寸掩埋他睡在瓶底的感谢，他的爱。

4. 第十八颗珠子

有没有过那样一个人,让你在心里,在梦里,在回忆里将他刻画了无数次。有一天,当你再见他时,却发现,他不过是你的陌生人。

静雅有一条手串,很普通的玛瑙手串。红色的,如枣如血。

静雅喜欢首饰,却很少戴首饰。大大的盒子里,装满各式各样的指环戒指、耳钉耳环、手链手串、项链项坠,可是,她总戴在身上的就只有这条玛瑙手串。

因为,那是一个很重要的人送的,自他送的那天起,静雅就再没摘下过它。

作为邻家的哥哥,在静雅眼中,恒孺绝对是玉树临风、谦谦君子型的男人。她时常躲在自家的窗帘后,看着对面楼的他坐在灯前读书,伏在案头写字。

恒孺的家里,时常燃着香火,母亲说,他家里是信佛的。

"信佛的人,长大了以后是不是不能结婚?"

"谁说的,不结婚怎么会有恒孺那孩子。"

静雅的母亲和恒孺的母亲是朋友,有时,静雅会跟着母亲到恒孺家里做客。她总是红着脸躲在母亲身后,不说话,也不去看恒孺。

"静雅真是可爱啊,以后给我做儿媳妇好了。"恒孺的母亲常开玩笑。

"好啊!"静雅回答。

"哎呀,孩子们的事,谁知道呢?"静雅的母亲总会笑着这样说。

静雅和恒孺并不熟悉,她甚至连他爱吃什么都不知道。她只是单纯地注视着他,单纯地喜欢着他,就像每一个单纯而无害的少女一样,喜欢着住进自己心里的那个人。

那是他们长大后的第一次约会。那一年,静雅到北京上学,而恒孺打算趁着开学前的空当,到北京去旅行。

"那么,你和静雅一起走吧,你还可以照顾妹妹一下。""可以。"恒孺回答。

"那么静雅,就这么决定了啊!""好。"静雅说。

于是,在两位母亲的送别声中,恒孺拿着行李,静雅背着书包,登上了火车。

开车之后很久,静雅都找不到能和恒孺聊天的话题。他喜欢什么呢?而恒孺只是坐在那里,静静地看着窗外的景色不断后退。

"恒孺哥哥,你以前去过北京吗?""小时候去过,不过不太记得了。"

"哦……""你下了车有人接吗?"

"有,学校会有车来接我们。""那,需要我陪你去学校吗?"

"好啊!"于是,静雅谢绝了所有师哥的盛情邀请,跟在恒孺的身后,走进了校园。大约也是因为这个初次印象,她大学的四年里,连男朋友都没有。所有人都认为,那次来过的恒孺,就是静雅的男朋友。

报到后的第四天,恒孺要离开了。静雅跟着他,在故宫外的河边闲逛。

"时间太赶了,都没有去故宫。"恒孺叹息着。

"以后还有机会的。"静雅说着。他们站在河岸,恒孺伸出手,撑着那石砌的河栏。从他的衬衫袖子里,透出一丝红色。"那是什么?"静雅好奇地问。

"嗯?这个吗?"恒孺解开袖口,向上撸了撸。即使在北京炎热的9月里,他也还是穿着干净的长袖衬衫。静雅看到,恒孺的袖口,露出一条玛瑙手串。

"真好看!""你喜欢?"

"嗯。""那送给你吧。"恒孺说着,摘下了手串。

"不要了吧……可以吗?"静雅迟疑地看着恒孺。因为母亲曾说过,恒孺家的东西,有些是从寺里请来的,不能随便要。

"没事,这个可以的。戴上吧。"

静雅接过手串,戴在腕间。

"唔,你戴着有点大。""好像是……"

"不过没事,只要不会自己掉下去就行。"

在炎热的阳光下,静雅的眼里闪着光,看向腕间的那串红色。

两三年的时光,经不起眼睛眨一下。静雅还没有毕业,恒孺就结婚了,对方是个很不错的女子。静雅在电话里祝福着,另一只手,却不自主地摸向了腕间的手串。这个手串,已经换了很多次线,就像记忆的日历牌,翻过了很多页。

一个周末,静雅拉上室友芳芳,想出去走走。下楼时,她一个不留神,在宿舍的楼梯上滑倒,手腕撞在地上,挣断了手串。静雅捡起手串,连着绳子一起收好,放进口袋,打算晚上回来将它重新穿好。

她又一次站在那条河边。河水如故,阳光依旧明媚。鬼使神差地,静雅忽然想掏出手串看一眼,于是她拖着绳子,将手串从口袋中提了出来。

它还是好好的,十八颗珠子,一颗都没有少。忽然,那排珠子从绳上滑了下去。静雅忙伸手去抓。"噔""噔""噔"……静雅听到珠子落在石砖上的声音,她伸出抓着满把珠子的手,慌忙去捡滚落在地的珠子。

"呼……还好及时……"静雅伸手按住了最后一颗蹦跳的珠子。接着,她手上一紧,一颗珠子便欢快地蹦了出来,直奔石栏上留出的下水口而去。

"不要！"静雅再想伸手，已经来不及了。她眼睁睁地看着那颗珠子滚进下水口，接着"扑通"一声，落入深深的河底。

"恒孺哥哥，你送我的手串，有一颗珠子丢了，怎么办？"静雅在电话里，几乎要哭出声来。

"没事啊！你之前戴着不是大吗？丢了一颗应该就正好了。"

"可是，那就不是十八颗了啊！"

"没事的，你也不拿着它念佛，几颗珠子无所谓的。"

"真的吗？""真的。"恒孺说得很确凿。

"可是……""如果你觉得不适应，也可以再买一颗一样大的补进去。"

"不用了，还是就这样吧。""对了，静雅，我过几天要到北京出差，你什么时候离校？"

"我还有一段时间。""那好，到了我再联系你。"

恒孺说，他要去故宫认真走走。静雅已有几年时间没见过恒孺了，对于这次相见，她竟紧张得不行。

那天，天气很热，游人很多，似乎那里的游人永远络绎不绝。静雅见到了恒孺，他还是老样子，可是，又不是。他们笑着彼此问候，接着，随着人流，涌入了故宫的大门。

那天，天气真的很热。于是，当他们在红墙下的长椅上坐下时，静雅竟连一句话都懒得再说。

"今天太热了。""是啊，确实热。"静雅回答。

曾经日思夜想的，便是这样的一场漫步吗？各怀心事的，各自沉默的。当这个男人走出想象，走进她的现实，当他安静地坐在她身旁，静雅却想不出，自己能和他聊些什么。

仿佛，他们从来就没有相识过。一切的熟稔，都只是在静雅的想象中诞生。他喜欢什么，讨厌什么？他在想说什么，会开口说什么？这所有的问题，静雅一个也答不出。他根本就是一个完全陌生的存在，却是静雅心中那个最熟悉的影子。

静雅曾经无数次地在心里、在梦里、在回忆里刻画着他，但现在坐在身边的恒孺，对于静雅来说，还不如她手腕间的那条红色更熟悉。

静雅忽然想起了第十八颗珠子。它连蹦带跳地离开了她的身边，坠入深深的河底。那是这条手串里，唯一一颗有裂痕的珠子。仿佛是注定一般，这颗不完美的珠子跌落了，带着静雅所有不完美的想象。

当恒孺出现在这面完美的镜像前，静雅猛然发觉，他并不是她眼中的他。在那个红墙绿叶的午后，静雅忽然疑惑了。她不知自己是可笑、可悲，抑或是这种一厢情愿的感情，太可怕。

也许，让她心心念念的，早已不再是恒孺那个人，而只是一场关于回忆、关于青春的往事。在那段写满青春的回忆中，有着只有她自己知道的，完美的感受和心情。

5. 心底的沙尘

> 风吹来沙尘，吹过面庞，吹进胸膛，堆积在心里，久久不去，封起不堪回首的往事，也封住了继续前行的脚步。

这是一个飞满沙尘的城市。每一寸空气，都漂浮着几百万颗尘土。可是，芳芳并不在意。在每个春季的风沙里，她总会叫上大鹏，戴上口罩，一起在漫天风沙里号叫。

"在漫天风沙里，望着你远去，我竟悲伤得不能自已……"每次都只有这三句，每次唱完，芳芳的口罩里，都会满是泪水。

大鹏是她最好的男性朋友，但却不是她的男朋友。芳芳的男朋友，已经在回忆的沙尘中，沉默地走远了。

两年前，是芳芳和男友的婚礼。

芳芳是本地女孩，家庭富裕，养尊处优而生；男友是外地寒门，千山迢迢，万水跋涉而来。起初，芳芳的父母并不同意这门婚事，但看着两人感情深挚，便也默许了。

结婚那天，当芳芳拿起花束，准备跟着父亲从大门走出，走向她的新郎时，大鹏一脸尴尬地走进了房间。

"怎么了?"芳芳一愣。大鹏是婚礼的伴郎,这个时间,本不该出现在这里。

"你的新郎……"大鹏支吾了一下,"新郎不见了。"

"怎么回事?"

"他刚才说去洗手间,我在大厅等了一会儿也不见他回来,出去问接待,说他出去了,说是要买什么东西,可是,婚礼时间都到了……"

芳芳的花束掉在地上,她二话不说拖着婚纱破门而出。

"芳芳!"电梯的门被人按住,挤进来的人是大鹏。"你要干什么去?"

"去追他回来!"

"你先打个电话看看!"大鹏将芳芳的手机塞给她。电梯在下降,芳芳拨着男友的电话。

"对不起,您拨叫的用户已关机……"芳芳的心脏一下从18层楼的婚礼大厅,落向负一层。电梯到一楼,芳芳正要冲出去,却被大鹏一把拖回来。

"你干什么!你放开我!"

"你疯了吗!"大鹏按下负一层的按钮,"你这么跑出去能追多远!"

大鹏的车在路上飞奔。这是一条不设转弯车道的单行道,追到芳芳男友的可能是百分之一百。可是很快,大鹏的车子便停在路上,前面,是数十辆堵在一起的车辆。

只听"砰"的一声,大鹏便看着一片白色飘过眼前。"芳芳!"

她就这样,迎着漫天风沙,提着她庞大的裙摆,踩着她十公分的高跟鞋,飞奔过一辆又一辆的汽车。当大鹏将车移到路边停好钻出来时,芳芳已经扑在了男友的车窗上。

"你给我出来!"芳芳拍着车窗吼着,她的头纱在风中纠缠着男友的外后视镜,仿佛是一双不甘心的手,紧紧扯住他们的过去。

男友下了车。"芳芳……"

"你什么意思!"芳芳歇斯底里地喊叫着,在黄色的沙尘里。

"对不起，我想，我们不合适……"

"不合适你早说啊！"大鹏冲过来，一把揪住男友笔挺的西装。

"对不起……"

"大鹏！"芳芳的喊声已经来不及。

大鹏一拳将她的男友打翻在地。这一拳，直接将他打成了芳芳的前男友。芳芳捂住嘴，看着前男友满嘴血污地从地上爬起来。

"给老子滚！"大鹏吼道。那男人连嘴上的血都顾不得擦，一头钻进车里，呼啸而去。

"等等我！"芳芳拔腿追去，"跟我回去！"

可是，那辆该死的车在黄色的空气中越开越远，终于，消失在芳芳追不到的远方。

"跟我回去啊……求求你……"芳芳跪到地上，哽咽着，她雪白的婚纱铺在地上，仿佛寂寞的月光洒向荒芜的沙漠。

半年以后，芳芳的前男友结婚了。他娶了一个憨憨的外地女孩，办了一个土土的简易婚礼，但两人脸上都挂着幸福的笑脸。照片里，那天的天空，竟是晴空万里无纤尘。

芳芳正呆坐着，大鹏一抬手扣上了她的笔记本。

"芳芳，你看这东西干吗？""我没看。"

"你明明对着它发呆呢，算了，别想了，他已经是过去式了。""我知道。"

"那你这是干吗？""你能不能闭嘴！"芳芳吼叫着。

他们正坐在安静的咖啡馆里，所有人都转过头来看着他们。

"能。"大鹏说着，从口袋里掏出口罩，戴在脸上。芳芳忽然笑了，她看着大鹏，哈哈地笑起来。大鹏只是淡淡地看着他，眼睛里却是浓浓的心痛。笑着笑着，芳芳忽然又哭了。

"芳芳，不要哭……别哭了……还有我呢……"

服务生走过来。"小姐，需要帮忙吗？"

芳芳摇着头。"没事，我没事……真的没事……我只是，眼睛里有沙子……"

每当痛哭过一场，内心的烦闷就会释放，可是，你为之痛哭的那件事，便会更加深重地烙刻在心里，久久不灭。

那次痛哭过后，芳芳的笑容多了起来。可是，她却再也不唱歌了。不管外面的风沙多大，不管黄色的天空多么像婚礼的那一天，不管大鹏怎么逗她开口，她再也不唱歌了。

"芳芳，我们来玩接吻游戏怎么样？"大鹏站在情人节的活动现场，指着热吻大赛的招牌说着。

"不要。""为什么？"

"我们都戴着口罩呢！""摘了不就得了！"大鹏扯下口罩。

"有沙子。""没事，今天风小。"

"不，我是说我自己。"

大鹏一愣，疑惑地看着芳芳，慢慢地重新戴好口罩。"非要这样吗？"

"嗯。"芳芳转身走了，大鹏看着她的背影，走在漫天风沙里。

"我的心中，盛满沙尘，从你走的那一刻起，风吹来沙尘便吹进胸膛，一层层堆积在心里，封起我们的往事，也填平了你离开时的脚印。"

芳芳打开自己的空间，将这段话指给大鹏看。"我不能摘下口罩，摘下了，心里的沙尘就会飞出来。如果我和你接吻，它们就会飞进你心里。"

大鹏眨眨眼睛。"说得简单点，我听不懂。"

"我的心死了，别在我身上浪费时间了，你可以找到更好的女孩。"

大鹏别过脸去，不吭声。

忽的一天，大鹏塞给芳芳一张飞机票。"芳芳，我姐他们做活动分了一张票，一定要去啊！"

"是小玉姐分的吗？不会是你自己买的吧？"芳芳问。

"真的，不信你去问她。"大鹏说着。

机票的目的地，是敦煌。当芳芳拖着行李，降落在机场，却发现大鹏已经等在了那里。"大鹏？你怎么也在这里？"

"而且我还比你先到了一天。""你来干什么？"

大鹏掏出两只口罩，扔给芳芳一只，笑着说："我们一起去看沙子。"

站在鸣沙山上，看着太阳缓缓而下，大鹏忽然问："芳芳，你还想唱歌吗？"

"唱什么？"

"在漫天风沙里，望着你远去，我竟悲伤得不能自已……"大鹏扯起嗓子。

芳芳一巴掌打过去："神经病啊你！"

但是大鹏还在继续唱："多盼能送君千里，直到山穷水尽，一生和你相依……"唱着唱着，大鹏的眼泪落下来，落进自己的口罩里。

"你大老远把我骗到这黄沙万里的地方，就为了把这首歌唱全？"芳芳叹气。

"不是，你跟我来。"大鹏扯上芳芳，几步走上去。"你看。"

那是月牙泉，依偎在黄沙脚下，仿佛寂寞的弯月，落进沙漠荒芜的怀抱，仿佛那一天，芳芳铺了一地的婚纱。

"即使是黄沙万里的荒漠，也可以保有一池清泉，更不要说，是人心……芳芳，我爱你，他可以不要你，但你还有我……"

芳芳摘下口罩，大鹏看到她的泪水，比十五的月光还要清澈。

6. 薄荷含片

> 我们总会记得感激那些向我们施以援手的人。就像在仲夏的午后，不由自主地，怀念起凉爽的夜风。

小玉的背包里，总放着一板薄荷含片。白色的，冰凉的，含在嘴里，冰凉的空气环绕着喉咙。这熟悉的温度，总让她想起在那个冬日清凉的早晨，还有那个在熹微的阳光里向她微笑的男生。

小玉喜欢唱歌，从小就喜欢。大家见到她，听到她的歌声，都会夸奖说："呀，这孩子唱得真好，以后长大了去当歌手吧。"于是高三那年，小玉跟着父亲乘上火车，到一千多公里以外的城市参加艺考。

这是一座陌生的城市，不论是这里的人，还是这里的气候。

刚到旅馆，小玉就因为水土不服病倒了。她烧了整整一夜，第二天，又参加了两场艺考。等到第三天，小玉的嗓子彻底哑了。

她瞒着父亲，早早起床，在外面吃了早饭，赶到了考场。这是她最想考中的学校，但很可能，她要与它失之交臂了。

站在外面，看着其他考生踌躇满志、志在必得的样子，小玉的心沉到谷底。那些练着嗓子的考生，明明没有她的天赋高，也没有她唱得好，可是，他们能发出声音，而她不能了。

即使是这样，小玉也还是硬着头皮往前排着。哪怕会被哄下台，她也要去试试，哪怕只让她在那台上站一分钟也好。

等进了大楼走廊，听着考场里传出的一阵接一阵的歌声，小玉再也忍不住。

她蹲在墙角，呜咽着哭起来。也许这辈子，她只能在这座校园里哭一次了。

"我说同学，你怎么了？"一个好听的声音响起。

小玉抬起头。面前站着一个男生，他抱着一个资料夹，俯下身，正关切地望着她。小玉的脸一红，眼泪也暂时止住了，她摇摇头。

"那你哭什么？紧张吗？"

小玉又摇摇头。男生蹲下了："那怎么了？"

小玉伸手指指自己的嗓子："我的嗓子。"她的声音沙哑细微，连她自己都听不清。

但男生懂了，他问小玉："感冒了？"小玉又点头。

"那你可以过两天……"男生说着，忽然想起什么，"哎呀，不行，今天是最后一天考试，没有过两天了。"小玉点着头，眼泪却跟着落下来。

"不要哭，没事的，不要紧。"男生说着，从上衣口袋里掏出一板薄荷糖。小玉看看眼前的糖，又看看蹲在她面前的男生。

"很想考进我们学校是不是？"男生微笑着问。小玉用力点点头。

"你唱得好吗？"

小玉更用力地点着头。

"那这个给你，把它都吃了，说不定会有用！"

小玉笑一下，摇摇头，她知道薄荷糖没用，什么都没有用了，但她还是接过了糖。

"云生！你去哪儿了！这边还等着你拿点名簿呢！"

"叶枫你告诉老师我马上来!"男生应着,他站起来,还不忘叮嘱小玉:"记好了,等叫到你名字让你进去准备的时候再吃,吃早了就没用了。"

当小玉听到自己的名字,走进考场时,她看到,送她薄荷糖的男生就站在考官的椅子后。她冲他羞涩地笑笑,吞下了所有的薄荷含片。

冬日的表演教室空旷安静,本就透着几分冰冷,再加上含片的功效,小玉感到一阵阵透心的冰凉。她唱得很好,非常好。可是,她的嗓子不允许她将整个选段唱完。

"对不起,我感冒了,嗓子实在坚持不住。"小玉哑着嗓子说。

"你唱得确实很不错,但很可惜,你没能完成我们的考试。"

小玉点点头,走出了考场。这一次,她没有哭,因为她尽力了,尽力去歌唱,哪怕嗓子再疼,哪怕声音再沙哑。当她回头看向考场里时,那个男生在熹微的阳光里,向她微笑着。

四年之后,小玉考上了这所学校的研究生。

虽然她没能被本科录取,但她还是成功地回到了这里。站在主楼的走廊里,小玉仿佛又看见四年前的那个自己,那个只会蹲在墙角哭的自己。

小玉从没想过,她会有机会再见到那个叫云生的学长。按照时间来算,他应该早就毕业了。但是,命运就是这样挤满巧合。

那天,小玉到食堂吃饭,当她端着餐盘寻找座位时,眼前阳光一晃。小玉眨眨眼睛,下意识地看向光线射来的地方。

有一个人,正从口袋里掏出一板薄荷含片,小玉的瞳孔大了整整一圈。是他!

小玉端着餐盘凑了过去。"可以坐吗?"

云生抬头看看小玉,点点头,接着,继续埋头吃着他的炒饭。小玉将餐盘放在桌上,坐到对面,却一口也没动。

看着看着，她鼓起勇气，开口问："你是叫云生吗？"

云生抬起头，惊讶地看着小玉："是，我叫柳云生，但是不好意思，你是谁？"

小玉红着脸，从自己的口袋里掏出一板薄荷含片，笑着看向云生。云生眯起眼睛，看着面前这张涨红了的笑脸。"你是……你是当年那名考生吧？"

小玉使劲点点头。

"你当时不是……"云生皱起眉头。

"是啊，我当时没有考上，我现在是来读硕士的。"

"啊，那很好啊，声乐硕士，这说明你真的很棒。"

"哪有，主要是我这次的运气比之前好。那你呢？我以为你早就毕业了呢！"

"我留校了，我本来就是学院子弟。"

小玉点点头。"等你什么时候有空，我唱歌给你听吧，你好像还没听过我唱歌呢。"

"好啊，等有空了。"

后来，他们经常在食堂里遇见；有时候，也会在校园的某个拐角撞见；再后来，他们也会一起到食堂吃饭，一起走过校园的某个拐角。

他会在他授课的教室里，弹着钢琴，听她唱歌给他听；他也会叫来他的学生，听着他弹着钢琴，听着她的歌声。她唱得真的很好。每一次，云生都会在钢琴上为小玉放一板薄荷含片，微笑地为她伴奏。

他们常常会提起在那个冬日的早晨，当她藏在角落里哭泣时，他站在她面前，俯下身子，看向她。

他说，她蹲在那里，肩膀不停地抽动，却没有丝毫声响，就像一只受尽折磨的小兽，蜷缩在角落里，可怜得让人心疼。

她说，他站在那里，背对着惨淡日光，俯下身子看着她，就像一尊来自神庙的塑像，矗立在她眼前，温暖得让人心动。

又过了很久，食堂桌面上的两板薄荷含片变成了一板。再后来，两个人的单人衣柜变成了一个双人衣柜。

"今晚的菜做咸了。"云生刚吃过晚饭，正坐在沙发里看着电视。

"是吗？我怎么没觉得？"小玉问。

"你没吃，当然不觉得。"云生说着，从茶几下翻出一板薄荷含片，按出两片扔进嘴里。

小玉有时会想，如果不是那场感冒，也许她和云生根本就不会认识。

如果不感冒，她一定会顺利地通过那次艺考，而云生对于她而言，就只是站在考官后面的那个抱着点名簿的学长。她不会蹲在墙角哭泣，不会被他发现，更不会发现，他有着温暖和善的微笑。

"云生。""嗯？"

"要不是你，我可能不会考进我们学校。""怎么可能，你本科的时候就很有希望。"

"但那次我失败了，不过那一次，幸好让我遇见你。"小玉摆弄着那板薄荷含片。

"是你的含片让我觉得，失败并没有那么可怕，至少，我们还有再试一次的机会，所有的一切，都还来得及……"

7. 锁住的钥匙

回忆就像古老的钥匙，而过去，是心底一道又一道的锁，打开一道，又一道。

叶枫有很多把钥匙。抽屉的，书柜的，旧锁的，老房子的，他自己也记不清，他有过多少把钥匙，他也说不清，手里的每一把钥匙都是哪一把锁上的。

只有一把钥匙，他清清楚楚地记得，那是一把被锁住的钥匙。

叶枫曾有一个女友，情投意合的，相生相伴的。叶枫带着她见过妈妈，见过姨妈，见过姑妈，见过舅妈，见过他家里所有的三姑六婆，告诉她们，他想和她结婚。

"行啊，人家女孩愿意吗？""应该……愿意吧！"叶枫迟疑一下，回答说。

"怎么？你没问人家？""啊，还没有。"叶枫的脸微红着，岔开了话题。

"枫子，你去过她家吗？"叶枫的朋友老胡问。"没有啊。"叶枫说。

"你们俩交往这么久，她都没带你回过她家吗？""她家在外地。"

"这跟外地有什么关系，现在交通这么方便，就是外国也可以回啊！"

"等她有时间了吧。"

"枫子，我看你是被人耍了，人家都没拿你当回事，就你一天傻呵呵地跟在人家屁股后边打转转。"

叶枫笑笑，不作声。后来，叶枫真的鼓起勇气向女友求婚了。他拿着婚戒，拿着精心制作的双人相册，捧着玫瑰，向她求婚。

可是，女友没有答应。她像很多故事里讲的那样，说"他们不合适"。

这次失败的求婚，加速了两人分手的脚步。于是很快，叶枫便将婚戒和相册一起塞进了他书桌的抽屉里，上了锁。

他又遇见了一个女孩小丹，单纯的，善良的。

小丹是喜欢叶枫的，可叶枫并没有想娶她的意思。他希望两个人彼此没有牵绊、自由自在地相处，这样便很好，对于婚姻，对于求婚，叶枫在心底有着深深的恐惧。

叶枫不会带小丹去见他的三姑六婆，家人甚至都不知道，他又有了新的女孩。

他们有很多共同的朋友，会一起出去吃饭、喝酒、旅行，也会一起到叶枫家里，开着电视，整夜整夜地聊着天。但每次，都是小丹主动给他打电话，主动来找他。

"这是我的卧室，你之前没有见过。"叶枫推开门，向小丹介绍。

"卧室里怎么还放了书桌？你不是有书房吗？"

"这个书桌里放的东西不一样。"叶枫说。至于怎么不一样，直到叶枫喝下第十瓶啤酒时，才告诉小丹。

"那你就……一直锁着？"

"是啊，难道我要天天拿出来看不成？"叶枫又灌下几口酒，站了起来。他走到衣柜旁，打开柜门，从底层翻出很大的一串钥匙。

小丹看着叶枫摇摇晃晃地走来，从钥匙串上，笨拙地拆下一把钥匙，扔给她。

"这个你拿去吧。"叶枫说着，将钥匙串扔在一旁，又开了一瓶酒。

"这就是你说的那个抽屉的钥匙？可我要这个干什么？"

"我不想要了。"叶枫坐回沙发，闷闷地说，"其实，抽屉本来有两把钥匙。"

"那另一把呢？在……她那儿吗？"

叶枫摇摇头。"另一把在抽屉里，我把它锁住了。"

这是一个奇怪的故事，就像小丹眼中的叶枫一样，奇怪的，个性的，莫测的。

有些东西，越是看不见，就越感到好奇，好奇到小丹做梦都会想，抽屉里面的东西到底什么样。"你从来不打开那个抽屉吗？"

叶枫摇摇头："我闭着眼睛都能说出那些东西什么样，但其实，那是我最不愿记起的东西。"

"那为什么不扔掉？""舍不得。"

小丹看看叶枫，又看向敞开的卧室大门，那里面，有一个从不开启的抽屉。

叶枫还是老样子，谨慎的，莫测的。他不会在外面拈花惹草，但也从不会给小丹半句承诺。他的心事就像那个抽屉，开启的钥匙，被他牢牢地锁在里面。

终于有一天，小丹在老胡的帮助下，将烂醉的叶枫送回家，在床上安顿好。

"小丹，要不要我开车送你回去？"老胡问。

"不用了，我再待一会儿，看他还吐不吐。"

"那你回家的时候小心点。"老胡走到门口，"不然你今晚就住这儿得了！"

"再说吧，你先走吧，不早了。"小丹挥手向老胡告别。

叶枫睡得很沉，他的书桌就摆在床头的一侧。小丹看着叶枫，又看向那个抽屉。

就如叶枫所说，抽屉里有一个精致的小盒子，还有一本相册。

一枝枯萎风干的玫瑰花，躺在相册旁。那干瘪的花瓣仿佛一段段寂寞的枯守，被人遗忘在过去的时光中。那枚戒指很美，六爪镶嵌的钻石，清冷地闪亮着。

小丹翻开了相册。一页，又一页，看着叶枫和女友的过去。

"我觉得我们很默契，很多时候，你不说，我也懂，我没说的，你也懂……我想，你一定是最适合我的那个人……每次站在你身旁，我总感觉自己像被抛向浪尖，澎湃着，激荡着……我想把所有的心情，都向你言诉，在每一个相拥而眠的夜晚……

"亲爱的，嫁给我，好吗？"

在照片下的字里行间中，小丹看到了一个她从未见过的叶枫。一个浪漫、卑微，却又真诚的求爱者。

拿着相册，小丹的手在轻轻颤抖。因为那个在照片里微笑的女人，长得和她很像。

当叶枫在第二天中午的宿醉中醒来，小丹已经离开了。她留下了抽屉的钥匙，不辞而别。她再也没有来过叶枫的家，也再没有拨通过叶枫的电话。

当某一个寂寞的夜晚，叶枫打开那个抽屉时，他发现了小丹留给他的东西。那是一张薄薄的白纸，上面的字体急促而凌乱。

"叶枫：我不知道，当你看到这封信时，我会在哪里，过得怎么样。我也不会知道，对于我的不辞而别，你会不会有一丝的难过。我想你不会有。

"因为我在你的生命中，只是一个微不足道的过客。你拥有自己的过去，自己的回忆，你将过去化成锁，而你的回忆，是钥匙。

"我试着走向你，却发现你心底只有一道又一道的锁，打开一道，又是一道。而我，不曾拥有你回忆的钥匙。

"很抱歉，我在你睡熟时，看了那本相册。那些照片，长得真像我。

"我拿走了抽屉里的那把钥匙，虽然我知道，我不会再回来。我也带走了那枚戒指，因为我想，那是我曾幸福过的证据。

"若你看到这封信，我一定已经离开你很远了，希望那时的你，会衷心祝福我。"

叶枫看向抽屉。当年的那枝玫瑰花已经枯败风干。干瘪的花瓣是叶枫寂寞的枯守，每一片，都被捐弃在过去的时光中。

他掏出手机，拨通了小丹的电话。

"喂？叶枫吗？"小丹的声音依旧单纯、善良。

"是我。"拿着电话，叶枫竟不知该和她寒暄什么。

还是小丹先开了口："你怎么样？"

"我还好。你呢？""我也是。"

"小丹。""嗯？"

"祝你幸福……"叶枫听到，小丹微笑的声音在电波的那一头响起。

"你也是……"

放下手机，叶枫将小丹的那封信放回抽屉，将钥匙也扔了进去。他轻轻推上抽屉。这里，好像已经不需要再上锁了。

放下手机，小丹微笑着，轻轻转动着手上的那枚清冷闪亮的六爪钻戒。她也会想起那个沉醉的夜晚。那个打开抽屉、取出钥匙的自己，那个坐在灯下、奋笔疾书的自己。

当回忆被彻底解放，身陷回忆的人也将得到救赎。

8. 刀刻文字

> 刻刀下的字眼，仿佛满载故事的小船，在记忆的深海中，慢慢漂向远方。在那个没有过去和未来的深海中，只有你，只有我。

老胡其实并不老。他只是喜欢让自己看起来老成一些。而老成的第一步，似乎便是有一个显老的名字。于是，他便成了老胡。

老胡的字，一直写得很一般，却不知从什么时候起，迷上了刻章。

一开始，他拿着小刀，到公园的树上去刻，结果被人家轰了出去；后来，他在学校的木桌上刻，结果被老师轰出了教室，罚站走廊；接着他又翻出家里越冬的萝卜刻，刻出来的章全被母亲炖成了汤；再过几年，他终于拿自己的零花钱买了一盒橡皮，在家里随便刻。

到最后，老胡终于买来整套的刻刀，还有大大小小的石料，隆重地开始了他的刀刻生涯。

老胡说，刀刻的文字，不比写在纸上的，它是可以流传很多年，一直流传到很久很久之后的东西。石头能活多久，字就能存多久。

"你又不是名家，谁会把你刻的章当传家宝一样留着。"朋友小慧笑老胡。

"没人留，我就自己留着，等以后留成古董了，卖给你家子子孙孙挣大钱。"

每到这时，大家总会哈哈大笑。

虽然大家都在嘴上损着老胡,可是朋友们谁想要个名章时,都会想到他。

"老胡,帮我刻个名章……老胡,帮我刻个情侣章……老胡,帮我刻个闲章……老胡,你看看帮我把这个图案刻成章。"

老胡很忙。除了上班时间,他都埋着头,刻他最喜欢的章。老胡喜欢自己发挥,他将"花"刻成一朵花的形状,将"人"刻成站立的人形,将"爱"刻成穿大摆裙子的女人。

慢慢地,朋友们发现,老胡并不是一个单纯的刻字工,而是一个沉睡在大叔般胡子下的文艺青年。"老胡,你很艺术嘛……老胡,你这么文艺,是不是早就有女朋友了?"

老胡总会羞涩地笑笑,拿着他的章揉搓着。老胡到底有没有喜欢的女孩子,他从不说。

有一天,他拿了一块心形的石料,刻了一个小小的章。那是一个意象派的字体,到底是什么,大家猜了很久。但任凭大家怎么问,怎么猜,老胡就是不肯说。

"老胡,这是要送给你女朋友的吧?""别瞎说,老胡哪有女朋友。""只要解开这个字,不就知道他女朋友叫什么了吗?"于是这枚章,便在朋友们手里传开了。

章上有一个"女"字,可"女"字旁的名字那么多:小媛、小婧、小娇、小姝、小娜、小……章上还有几条线,环抱着那个"女"字。"难道是小囡?"

"不对不对,你们不要猜了,你们猜不到的。"老胡笑着拿过心形章。

"是不是根本就不是字啊?"

"是字,真的是字。"

"老胡,你不要耍我们啊!"

"怎么会呢!"老胡认真地说,"这样,你们谁猜出来,我就把这枚章送他。"

于是这枚章成了老胡的宝贝。新认识的朋友，都会来看老胡的心形章，猜测着那个字到底是什么。老朋友有时到家里玩，也会拿过那枚章，左看看右看看，摩挲一阵子。

时间久了，石头被摸得光泽润滑，而那个字却成了秘密。

认识小冬，是在一个冬日懒洋洋的午后。

"老胡，我给你介绍个姑娘，绝顶聪明！"叶枫在电话里说。

"能聪明到哪儿去？我见过聪明的，还没见过绝顶聪明的。"

"到时候你就知道了，你别忘了把你那章拿着，可千万别忘了啊！"

"行了少啰唆，烦不烦！"

坐在小冬对面，老胡莫名地有些紧张。小冬的眼睛很亮，闪闪地带着笑意。她那自信的样子让老胡相信，也许她真的如叶枫说的那样，绝顶聪明。

"老胡，你那些陈芝麻烂谷子的破事，我都跟小冬讲了，你就不用费口舌了。"

"那你让我来干什么？"

"看章啊！我倒要看看我们公司公认聪明的小冬到底能不能破了你的阵。"

老胡看看小冬，脸却隐隐的，有些发红。他动作缓慢，很不情愿地从里怀兜里摸出了那枚章。接着，慢慢地，迟疑地，伸出手，送到小冬摊开的手里。

他的手举在小冬手掌上方，停了两秒，深吸一口气，手指一松。那颗心形"咚"一下，落进了小冬的手掌心。"如果你认出来，这章就送给你。"老胡说着，脸上的红又深了一层。

小冬看看老胡，将这个有温度的印章举到眼前。只一眼，小冬的脸也飞过一片红色。老胡坐在对面，看得有点呆。

"怎么样？看出什么了？"叶枫在旁催促着。

小冬抬眼看看老胡，抿抿嘴，慢慢说："我没认出来。"

"怎么可能！"叶枫嘟囔着。

"这章,还给你吧……"小冬伸出手。"不,送给你了。"老胡说。

"哎,老胡你个偏心的,就因为小冬是美女,没猜出来你也送啊!"叶枫叫道。老胡羞涩地笑笑,挠挠头。

"谢谢你,这是我的电话。"小冬从包里掏出一个精致的便签本,埋头写下了自己的电话。

不知从什么时候起,老胡的家里,多了一个书架。里面开始有一本书、两本书,慢慢地,书越来越多。每本书的扉页上,都印着一个字,那个所有人都猜不出的字。

"老胡,这本书不错啊!借我拿去看两天。""不行,不能借。"

"怎么不能?不就是上面盖了个章吗?""不行,这是别人送的。"

送书的人,不是别人,正是小冬。

后来,大家收到了老胡的红色请柬。请柬上,也印着那款奇怪的字,还有新人的签字。新娘的名字,是小冬。

婚宴结束后,一群朋友簇拥着老胡和小冬,唱着歌涌进新房,又摆了一桌酒。席上,大家都争着问老胡,那个章上到底是什么字。老胡喝得满脸通红,得意地眨着眼睛:"你们猜!"

"老胡你太不够意思!我们要是能猜到,这些年早猜了,还用得着问你?"

老胡却只是笑。众人又看向新娘。

"小冬你来说,到底是什么字?""对,小冬肯定知道!""不知道也早就问出来了!小冬,快说,是什么?"

小冬微红着脸:"是妻。"

众人喝得微醺,一时没有反应过来。"七?七里哪有'女'字?"

"是妻子的妻,一帮文盲!"老胡叫着。众人愕然。再看小冬脸上,已是一片绯红。

"小冬你跟哥说实话,你那天是不是当时就认出这个字了?"叶枫喝得舌头发直,拍着小冬的肩膀问。小冬却只是笑,身旁老胡哈哈的笑声仿佛是欢喜的伴奏带。于是那一晚,大家都醉了。

能遇见一人懂,便不枉人世走一场。那些在世上踽踽独行的人们,并不是不知道有人陪伴的好。他们只是在等待,在寻找,在企盼着一个人的出现。

那个人,看得懂你刻下的那些奇怪的字眼,读得懂你写出的那些荒唐的文字;那个人,在你尴尬万分时保持理解的沉默,也在你得意忘形时陪你开怀大笑。

她会在你伏案忙碌时,翻看着她的书,摩挲着你送她的那枚印章,在每一本属于你和她的书上,郑重地印上一枚红色。

她会出现在你的每一天的生活里,每一份的感动中。她会微笑地静静坐在你的小船里,荡起兰桨如飞燕,滑行在你记忆的深海中,满载着你的故事,顺流漂向远方。

在那个没有过去和未来的深海中,只有你,只有她。

第三辑
了无心意间

9. 开门雨不休

开门雨，闭门风，不是一天便是一夜。就像落魄的心，不是一生，便是一世。

北方的夏天，没有梅雨季，但是到了七八月份，也会迎来多雨的季节；就像南方的冬天没有冰雪，但是到了寒冬腊月，还是会让人冰冷难耐。北方夏季的雨，有时候一下便是一天；就像北方冬季的风，有时候一刮便是一夜。

一大早，小慧就看到对面楼的房顶上飘着细密的雨丝。这是一场开门雨，没说的，今天将是潮湿的一天。

上班的路上，小慧又看到了在同一栋写字楼里办公的男人。那是个瘦高稳健的男人，经常和小慧在同一时间，出现在同一条路上，最后，一前一后地走入同一栋写字楼。

他没有拿伞，脚步也很悠闲，仿佛多情的诗人，在细雨中漫步。小慧想：这个男人好有情调，在微雨的清晨，走在人来人往的大街上，走着自己的一份惬意。

这场开门雨，果然下了整整一天，到下班时，竟然有越来越大的势头。

"哎！真是讨厌，明天还得换鞋。"同事雯心抱怨着，"这个星期我已经湿了三双鞋了！"

"夏天不就是这样,每年都这样啊!"小慧说着,和雯心一起走出写字楼。

远远地,小慧又看见了那个男人。雯心也看到了。"天啊!雨下这么大那人怎么不打伞呢?"

"可能忘了带吧。"小慧说。她在路口与雯心道别,沿着大路,跟在那个男人后面,慢慢走着。

因为雨下得很大,路上几乎没什么行人。只有马路中央的汽车一辆接着一辆,挟着水花飞驰而过。前面的男人漫不经心地走着,小慧在后面,踏着满地的雨水流,静静地跟着。忽然,她看见那个男人蹲下了。

小慧忙紧走几步赶了上去。她悄悄地走近那个男人,在他的头上,将雨伞偏过一些,为他遮住大雨。那个男人在哭,他的肩膀在抽动,仿佛落在伞上的雨点,一下,又一下。小慧觉得她应该问点什么。可是,她能问什么呢?

过了一会儿,仿佛是听到雨点打在伞布上的噼啪声,男人抬起了头。他扯动嘴角努力地微笑了一下:"谢谢你。"

小慧愣住了。这是她第一次看到一个男人的眼泪。男人的脸上,有雨水,也有泪水。雨水从他的发梢滴落在额头,又滑落到鼻翼,合着从眼角跌落的泪水,混成一滴滴的痛苦,绝望地坠向满是雨水的大地,瞬间,消失不见。

那天,小慧和这个陌生的男人同撑一把伞回家。他说,他叫莫苏文。

"你母亲姓苏?""不,她不姓苏。"

"哦,我还以为……""很多人这么以为。"

走在莫苏文身旁,小慧很想问他为什么哭,但又生生地忍住了。小慧想,男人和女人到底是不一样的,女人哭,是想要人问,想要人关心,而男人哭,也许并不想让旁人知道。

莫苏文将小慧送回家,向她道了谢,还拿走了她的伞。

这是个多雨的夏季，莫苏文将伞还给小慧的那天，又是开门雨。

"我不喜欢下雨。"走在回家的路上，小慧说。

"我也不喜欢，雨天总让人感到悲伤。"

"你为什么悲伤呢？""我离婚了。"

小慧的心里一坠。这真是一个悲伤的理由，发生在一个悲伤的雨季。

"可是真正让我悲伤的，是我们离婚的理由。"

莫苏文没有继续说下去，在小慧眼中，他的秘密和故事仿佛天上那片散不尽的乌云，一直笼罩在他的眉宇之间。

"小慧，你这几天怎么了？老是魂不守舍的。"雯心问。她明明只是拍了一下小慧的肩膀，却把小慧吓得将整杯咖啡扣在地上。

"啊？没什么啊，就是有些事，我想不明白。"

"想不明白就过几天再想，你把自己弄得像丢了魂一样好吗？"雯心说着，捡起纸杯走了。而小慧却又陷入了想象，到底是什么样的理由才会让人那样悲伤。

"我们离婚的原因，是因为我对初恋女友念念不忘。"

"什么？""很奇怪是吗？"

"不……不奇怪，每个人都怀念自己的初恋，可是，没人会因为这个离婚啊！"

"但我们离婚了。我很难过，因为我为那场初恋付出的东西，又多了一份。"

"你为什么要和我说这些呢？""因为你是一个陌生人。"

"也对啊……"小慧慢慢地说。她想到自己，每当心情烦闷时，她总会在网络里随便找个人，聊着说着。很多萍水相逢的人，因为陌生，反而更容易敞开心扉。因为你知道，他们不认识原来的你，那个看似正常的你。

"我们以后，还可以做陌生人。""是的，陌生人。"

从那天起，上班下班的路上，男人在前面走，小慧在后面走。在这个多雨的季节里，男人依旧不带伞，但小慧不再帮他挡雨。

直到很久之后，每到雨天，小慧还是会记起那个叫莫苏文的男人。她会记起，他在雨中颤抖的双肩，还有那满脸分不清的雨水和泪水。他说，他为了自己的初恋，又多付出了一份。

这句话，深深触动了小慧。到底什么才是付出，小慧说不清楚。她也有过自己的初恋，也是在这样的一个个雨天里。

小慧从小就喜欢下雨。她喜欢藏在小小的伞下，躲在天地之间。雨水从天而降，仿佛将遥不可及的天和地连接在一起。小慧一直说，雨天，是最浪漫的，因为下雨，天和地才能牵手。而撑着伞的她，就站在天与地掌心的感情线上。

"小慧，把伞借我吧！你家离得那么近，不用打伞也到了。"

"那怎么行，雨下得这么大，就是近也要湿透的！"

"可怜可怜我吧！"

"那……"小慧的眼角，闪过一丝狡黠，"你送我回家，我就把伞借给你。"

于是，那天小慧回家的路上，多了一把伞、两个人。

男生长得很高，他毫不费力地举着小慧的雨伞。他跟随着小慧的步伐，配合着她的节奏，他也会细心地将伞靠向她的那一边。

在那个男生手里，那把伞仿佛失去了重量，变成轻若游丝的玩物。走在他身旁，小慧仿佛走在雨后的晴天里，温暖自在。

后来的每个雨天，小慧回家的路上，都会有一把伞、两个人。

那是小慧的初恋。但每一场初恋，都像春天最早盛开的花朵，还没有结果，便早早凋零。

分手以后,小慧哭了很久,很久。她将整个夏天的雨水,全都哭了出来。小慧再也不喜欢下雨天,虽然夏日的雨季依然那么长。

她总在雨水不休的日子里,沉默地活着,因为她的心里,下着连绵不休的梅雨。她会在心头涌起不绝的怀念,怀念着最初的那份美好。她会在某个冷雨天怅然若失,依稀窥见回忆悄然漫步。在一个人的路上,她也会像莫苏文一样,会突然有一种想放声大哭的冲动。

小慧想,这便是付出吧。她也为自己的初恋,不断地付出一份、再多一份。

那些每天在楼下翘首张望的等待,那一次又一次共进的午餐,那些为对方精心挑选的礼物,都饱含着自己的热望,那不是付出,而是一种享受。只有当美好的东西已经不再,那些抚今追昔的叹息才化为对过去的付出。

我们深陷其中,我们不能自拔,我们明明知道,这些付出没有意义,却依旧在追忆与付出的漫漫长路上——一往直前。

10. 红豆成泥

> 红豆生南国，南国有佳人。一顾倾人城，再顾倾人国。红豆成泥新人笑，佳人难再得。

雯心的书桌上摆着一罐红豆。鲜红的颜色，光洁的表面，一颗颗，挤在透明的玻璃罐里，像鲜艳的糖果。每个见过罐子的人都会惊叹："雯心，你这罐红豆好美！"

雯心总是笑笑，用目光轻抚着那个罐子。罐子里，是整整520颗红豆。

雯心是学舞蹈的。所以当她进了大学，她的兴趣小组，也依然选了舞蹈。

当年才上大二的她，刚练完舞蹈，从教室一出来，就被一个男生拦住。雯心还没看清那男生的长相，一个罐子便塞到她手中，等她回过神来，男生已经跑得无影无踪。

在罐子里，雯心找到一张字条。"周六晚上六点半，我在图书馆等你，好吗？"

看着这一罐鲜红的小豆子，雯心有点愣。

"呀，雯心，你收到了相思豆啊！"室友阿波扑上来。

"相思豆？""你不知道？"

"不知道,我还以为是糖果。"雯心将罐子递给阿波,"相思豆是什么?"

"就是红豆啊,红豆生南国你不知道?"

"这个三岁小孩儿都知道,可是,红豆是这样的?"

"也是,你也不是南国人,喏,看好了,这就是传说中的红豆。"

"不是小豆吗?""当然不是,那是吃的,这是……这是观赏用的。"

雯心好奇地看着阿波手中的罐子。那一颗颗红豆,晶莹闪亮,仿佛每一颗都被人用心漆过。

"哎,这一罐子有很多颗呢,不知道送你的人花了多少时间才凑够。"

当晚,雯心抱着罐子,听阿波讲到大半夜。阿波说,在她的家乡,在更深远的一些村镇,很多家庭若是有男孩,都会在自家的院子里种一棵相思树。

等到七八月果子成熟时,将豆荚摘下,红豆剥出来留好。那些形状规则颜色艳丽的豆子会被小心地装进罐子或盒子,差一些的会被扔掉,或者磨碎了做成食物。

因为相思树是一年生植物,到了第二年还要重新种植。所以,一个家庭往往要花费几年甚至是更长的时间,才能凑齐520颗或是更多的999颗红豆。

当男孩遇见心爱的姑娘,他就会拿出珍藏好的红豆,当成定情信物送给对方。

"所以啊,你今天已经被人家很隆重地表白了,你怎么一点都不兴奋?"

"隆重?兴奋?"雯心眨着眼睛。

天啊,那男孩连句话都没和她说,这样的表白也叫隆重?如果他是认错人了怎么办?

地啊,她连那男孩长成什么样都不知道,她兴奋什么呢?如果他是一只青蛙怎么办?

想到这里,雯心又想起那张字条。周六的图书馆之约,她到底要不要赴呢?

周六那天，雯心在食堂吃过晚饭，就被阿波拖到了图书馆。阿波左看右看，还忍不住问雯心："我说，你真的不记得他的长相了吗？"

"我当时根本没看清他脸，更别说他长相了，我就知道他比我高半头，可是比我高半头的男生有上百个。"

"也是。"阿波失望地靠向椅背，"那就只好等人家来跟你搭讪了。"

雯心看看表，已经6点15了。"阿波，我想回宿舍。"

"别啊！来都来了，怎么也要见见面呀！"

6点20。"阿波，我们回去算了。"

6点27。雯心站了起来。

"雯心你干什么？"

"不行我等不了了，我要去厕所。"雯心溜走了，留下哭笑不得的阿波。

等雯心出来时，她看到一个男生正和阿波聊着天走出来。

"雯心！这边！"阿波向她招手。雯心走了过去。

"雯心，这是万里，就是送你红豆的那位啦！"

雯心点点头。没有太多过程，仿佛是因为万里和阿波都是南国人，很容易就聊得熟悉，所以雯心也觉得，好像在很久之前就认识了万里这个人。

他们的感情也没有太多的过程。就像普通的校园情侣一样，他们牵着手穿过操场，经过走廊，也会在假日去商业街闲逛，会在傍晚的宿舍楼前拥吻告别。雯心有时候会想，万里唯一特别的地方，便是他送的那一罐红豆。

直到有一天，雯心在空间里看到一张照片。那是万里的室友发的，照片的背景中，万里坐在桌前埋头写着什么，他的桌上摆着一个心形的瓶子，里面装的也是红豆。

"阿波，你们那边的习惯，送完红豆当定情信物，还会再送一次吗？"

"不会啊，只能送一次的，因为红豆叫相思豆，寓意长相厮守，送一次就可以了,除非是要送……不同的人。"

雯心的心里"咯噔"一声。

"怎么了?怎么想起来问这个?""没什么,就忽然想到了。"

很快,雯心就在学校的论坛上看到了一个女生发出的帖子。"好开心,从来都是看我哥哥给别的女生送相思豆,没想到有这么一天,我自己也收到啦!"

照片上,那个新闻系的漂亮女孩捧着一个心形的罐子,笑得比罐子里的红豆还要艳丽。

雯心将那罐红豆在宿舍摔得粉碎,就像她的一颗心,摔成了520块。

"你说说你啊,摔碎也就摔碎了,还弄了一地,弄一地不说,还连累我跟你一起收拾,要我说,干脆扔掉算了!"阿波钻进床下,一边扫着满地的红豆,一边抱怨着。

将寝室彻底打扫之后,雯心找来一个纸盒,把所有的红豆都装了进去。她又买了一个圆形的罐子,擦洗干净,摆在桌上,开始数她的红豆。

一颗,两颗,三颗……每投一颗红豆在玻璃罐子里,雯心就能感觉到,自己疼痛的心脏在轻轻愈合。

当她数遍520颗红豆,她的心却还在痛。于是雯心将红豆重新倒回纸盒,再一颗一颗地装回罐子,循环往复。

在重复的动作中,她反而感到安宁。看着那一颗一颗的红色落在罐底,慢慢地积成堆,越来越高,最后装满罐子。雯心感到,自己的世界也在一点点地变得圆满。

她不再去想万里了。之前的故事,就像缠绕在古诗文里的清风明月,飘散在东方渐白的黎明中。

毕业典礼上，万里站在雯心面前。他和他那倾城倾国的新人分手了，具体的原因，雯心不知道，也不想知道。"雯心，对不起。"

雯心只是摇着头。

"很感谢你当时选择了沉默，"万里在身前绞着自己的双手，"我以为，你一定会大闹一场的。"

雯心笑了。"她确实很美。"

"你……愿意原谅我吗？"

"什么叫原谅？""我们重新开始，好吗？"

雯心抬头看看万里，平静的，微笑的。

"谢谢你送我的红豆。"她淡淡地说，淡淡地转过身，走入人群。

阿波说过，相思豆可以赠人，也可以食用。雯心也曾想抓起那些恼人的红豆，磨成粉，兑入开水冲成糨糊喝掉。可她舍不得。

每次看到那片鲜艳的红色，她就仿佛看到了自己一次一次的心跳。每一下，都是这样的鲜红和热烈。

美好的爱情，需要留给自己，就像美好的记忆，只印刻在自己的脑海中。哪怕自己是哭泣的旧人，哪怕要眼睁睁地看着新人的笑颜。

后来的雯心，身边总有很多人陪伴，就像罐子里的那些红豆，缠绵紧密。

听说，万里一直单身一人。听说，他对朋友说，雯心是他遇见过的最好的女人。可他却不是雯心眼中那个最好的男人。

"但见新人笑，哪闻旧人哭。"雯心经常会数着罐子里的红豆，思索着自己会是谁的新人。而当她欢喜地笑着，那曾经的旧人又会在哪里。

11. 弱水三千都是泪

当你说弱水三千只取一瓢饮，当我在岸边看尽千帆皆不是。于是我的弱水三千都化作眼泪，而你的过尽千帆皆成泡影。

在烟花三月的季节，阿波为男友送行。她忽然想起了"烟花三月下扬州"的诗句，但他们送别的地方，不是武汉，而他要去的地方也比扬州要远很多很多。

还记得男友刚得到消息时，阿波的不舍。

"为什么非要出国呢？"阿波不开心地嘟囔着。

"难得有这个机会，为什么不去呢？"男友说。他的眼神里满是憧憬，就像那一年，他说要他们在一起时一样。

阿波点点头，却不作声。她知道出国进修是男友的梦想，可是这一走，要多久，还能不能回来？

"如果我以后在那边找到合适的工作稳定下来，你也可以跟过去的。"

"可是家里怎么办？爸爸妈妈怎么办？还有你的爸妈。"

男友伸出手，摸摸阿波的头发，微笑着安慰她："这些都不是问题，只要我们在一起就好。"

阿波伸手抓着男友的手腕，将他的手掌摊开放在自己膝上，在上面胡乱画着。

"如果你去了那边，遇见了其他人怎么办？""其他人？"

"嗯，比我更好的，更漂亮、更懂事、更体贴的人。""不会的，我只喜欢你一个人。"

阿波摇摇头，她知道，人是会变的，感情也会。弱水三千只取一瓢的承诺，连黛玉也不曾得到，更何况是她阿波。

看着男友的飞机起飞，阿波的眼泪落下来。不知道下次再见，将是何时。

阿波没事时，总会到江边坐一坐，看着江水流淌，看着三千弱水日日过眼前。

"阿波，你没必要这样，现在通信这么方便，你们俩还可以像以前一样聊着天打着电话什么的，不耽误的。"男友的朋友阿钟劝她。

"阿钟，你说，他要是在那边遇见比我更好、更漂亮的人怎么办？"

"不会吧？""怎么不会呢！你看你，你就比他帅比他有钱。"

"那你不是也觉得他比我好嘛！这东西看缘分的。"阿钟大大咧咧地说。

"就是因为看缘分，所以才更担心。"

"强子自己怎么说？"阿钟问。强子，便是阿波的男友。

"他说他只喜欢我一个人。"阿波用脚蹭着长椅下的土地，留下一条浅浅长长的擦痕。

"那不就得啦！弱水三千他只取一瓢，你还担心个什么！"

"我就是担心。"

"那你说，你天天在他眼前在他身边，他就一定不会变心吗？"

"不一定，这个看缘分。"阿波说。

"所以呀！你在身边都没法保证，就更别说他出国之后了，别想了，没用。"

阿波感到更加绝望，她决定以后再也不和阿钟聊天了。

出国后的第二年，强子回来探亲。他带回了很多礼物，给家人，给朋友，给每个相熟的人。"阿波，这是给你的。"在回国后的第二天，强子将一个大大的口袋递给阿波。

阿波却一眼不眨地看着强子。强子瘦了很多，在国外的生活一定很辛苦吧？他在聊天的时候从来不说，只说好，很好，只说有些累，说想念她。

阿波张开双臂，再次抱住强子。"一个人在外面，是不是很累？"她忍住泪水，小声问。

"放心，我没问题的。"强子揉揉阿波的头，"打开看看吧，你会喜欢的。"

阿波打开了盒子，里面装着一个酒瓶船。晶莹的酒瓶，里面是一艘制作精良的三桅帆船。

"好美啊……"在家乡的江面上，从未见过如此豪华的帆船。阿波看呆了。

"喜欢吗？""喜欢！"

"喜欢我吗？""喜欢！"

"这个你要收好，这是我的归航，只要你留着它，我就一定会回来。"

"好。"阿波一脸幸福地抱住那个瓶子。

"轻一点，不可以来回晃动的。""好。"

阿波忽然觉得，自己的等待有了希望。一切都会好起来，因为他归航的音讯就摆在她的床头。

强子回去了，阿波没有哭。

"阿波，你最近都很开心啊！"阿钟问阿波。

"是啊！""有什么好事吗？"

"你看！"阿波掏出手机，给阿钟看那只酒瓶船的照片。

"强子带回来的？"

"是啊！"阿波说着，眼睛却不离那照片，半晌，她轻轻说，"这是我的船。"

"是你的啊，强子不是送你了吗？""不是那个意思。"

"那是什么意思，你们女人真奇怪，你奇怪，我女朋友也奇怪。"

阿波指指照片上的船，说："你看，船很小，只要一瓢水就可以浮起来。"她又抬起头，双眼满是憧憬，"而我便是这一瓢水，这只船是专为我而来的。"

阿钟有些哭笑不得，他决定以后不找阿波聊天了，因为女人的想法太奇怪。

"阿波，我现在住的环境改善了，你要不要过来玩？"出国后的第三年，强子问阿波。

"我可以吗？""可以啊！你办个旅游签证，过来玩些日子吧。"

"好。"阿波办好了所有手续，当她兴高采烈地告诉强子时，强子却对她说："对不起，亲爱的，你可能，不能来了，我要搬家了，搬到另一个城市去。我现在还没有找到房子，你来的话，我们两个人更麻烦。"

"这样吗……""对不起……不然，你看看晚来几天也行……"

"可是日期都订好了……""那……"

"那只能等下次了……"阿波没有告诉强子，为了这次没能成行的旅行，她哭了多久。

到第四年，强子该回来了。阿波一遍一遍地问强子什么时候能回来。

"嗯，等几天就办……这几天差不多了……最近领事馆不给办……我会抓紧的。"强子总是这样回答。

"等你回来安顿好了，我们就结婚吧。我连酒店和婚纱影楼都看好了，现在就差你这个人了。"阿波说。

"啊，那么着急干吗？""能不着急吗？你都出去那么久了。"

终于，在阿波的追问下，强子说，他下个月的月初回来。阿波买来吃的，喝的，用的，准备好了一切。月初那天，她赶到机场，去接那班飞机。

没有强子，阿波一直站在那里等啊等，可强子的身影却一直没有出现。

"强子，你回来了吗？为什么我没有接到你。"回到家，阿波饭也没吃就躺到床上，在网上给强子留言。

"对不起，我误了航班，没能回去。"

"你告诉我实话，你是不是根本就没办手续、买机票？你是不是不想回来？"

"……""是不是？"

"阿波……""是不是？"阿波躺在床上，眼泪打湿枕头。

"对不起。"

阿波关掉电脑和手机，用被子狠狠地蒙住脸，在窄小的空间里彻夜号啕大哭。过了几天，阿波再打开电脑，看到了强子的留言。

"阿波，对不起，我在这边时，我的导师对我很好，幸亏有他的帮助，我才能完成学业，但是，他有一个女儿……"

这是一个烂透了的故事，情节就像肥皂剧一样狗血。阿波伤感地想。

阿波重新坐回江边，带着她的酒瓶船。

"喂！阿波，你要干什么！"阿钟眼睁睁地看着阿波舀起一瓶水，灌进了那个酒瓶。"这可是……德国带回来的工艺品啊姐姐……"

阿波来回摇动瓶子。水在三桅船下涌动，船却不见晃动一丝。

"你在干什么……"阿钟看着瓶子，呆呆地问。

"我想看看，我这一瓢水，能不能浮起这条船。"阿波也是呆呆的，看着瓶子。

你说弱水三千只取一瓢饮，怎么到我这里全都流成泪。

无论手中一瓢水，或是眼前一条江，满载的都是望穿秋水的眼泪。而那只不会再归航的远行船，已经卸下它的风帆，永远静止在无梦的港湾。

12. 跳舞的猫

> 我们永远不知道，在下一个转角会遇见谁。就像我们不相信，这世上有只会跳舞的猫。
>
> 你该相信，丢失的东西，终会以另一种更好的方式，找到回来的路。

阿钟的家里养了一只花猫；阿钟的楼下搬来一个女人。

阿钟家的花猫有个性，每次听到音乐，都会上蹿下跳，乐不可支；新搬来的女人很漂亮，每天上班出门，都要精心打扮，花枝招展。阿钟觉得这只猫真的很搞笑，居然懂音乐会跳舞；阿钟觉得那女人真的很美丽，不论是脸还是身材。

阿钟家的猫，是朋友家的小猫崽，养得稍大一点，便送了一只给阿钟做伴。最初，阿钟并没有发现它跳舞的本领。有一天，他正在房间里逗猫玩，放在茶几上的手机忽然响了。

听到歌声的猫咪忽然不再去抓那只橡皮老鼠，它摇摆着头和尾巴，开始从地上跳到沙发上，再从沙发跳到桌上。阿钟以为猫咪淘气，一把拎起它的后颈，伸手拿过手机接起来。

铃声一断，猫咪就不折腾了。

阿钟没有在意，但是每次猫咪听到他的手机铃声，都会在房间里暴走一气。于是阿钟逐渐了解到,自己家的这只猫是个舞蹈家。

至于楼下的女人,阿钟知道得不多。

她似乎工作不错,似乎会拉小提琴,似乎爱喝牛奶,似乎没有男朋友。她会在下班之后提着买的东西回来,有时候是商场的,有时候是超市的。周末的时候,她也会提着菜和水果从市场回来,悠闲地过她规律的生活。

女人的家里,常传出琴声。阿钟不懂古典音乐,所以,不知道那是什么乐曲,但阿钟家的花猫知道。

这只叫阿喵的花猫,每次听到女人家里传出的琴声,就会在房间里折腾。它会先在沙发、地面和书桌之间来回飞跃,之后,还会咬住它的玩具球,在地板上来回蹦跳。

阿喵的玩具球里面装着铃铛,一晃就会响。听到响声,阿喵就会更兴奋。它会在音乐声中将球扔下再咬住再扔下。

有一次,同样爱猫的朋友小茜来家里玩,正撞见阿喵发生的这一幕。

"天啊!你家的阿喵好棒!""怎么棒?"

"体力好棒!"小茜看着阿喵从房间的这一头蹿到那一头。

"其实它平时很懒的。""那它现在怎么了?"

"不要管它,它在耍疯。"

最近,楼下的女人每天都在拉她的小提琴。于是阿喵每天都要在家里上演体力大比拼。看着筋疲力尽的阿喵倒头就睡,阿钟有些怀疑,这样激烈的运动,是不是适合他家的阿喵。

有一天晚上,琴声早早地停止了。阿钟看看时间,明明还有半个小时才结束呢。他又看看瘫倒在地上的阿喵,不禁为它松了口气。五分钟之后,阿钟家的门铃响了。

阿钟打开门。楼下的女人站在门口。"你们家是不是有病!怎么我每次练琴你们楼上都叮叮当当一通砸!"

阿钟愣住了,家里只有他一个人,没人砸东西啊!

"看什么看!没见过人练琴吗!我要考级的你知不知道!"

"小姐,你可能误会了……我们家,就我一个人住啊……"

"误会?我都忍了你好多次了,每次都砸每次都砸!你个神经病!"女人说着,气鼓鼓地转身走了,在走廊上还不忘说一句,"神经病!"

女人的声音回荡在走廊里,阿钟想,她一定是气坏了。房间里,阿喵正舒服地趴在地板上,它是真的累坏了。阿钟摇着头,将猫粮的碗放在阿喵面前。

女人发火时真像神经病,楼下的女人是,他的前女友和前前女友也是。阿钟想。

"阿喵!不要动!过来!"第二天,楼下的琴声再次响起,阿钟一把抓住了阿喵。他决定带阿喵出去散散步。于是,夜幕下的小区里多了一个阿钟,和被绳子拴着的阿喵。

几天之后,阿钟去敲楼下女邻居的门。

"是你啊!什么事?"

"我想问问,你什么时候考级?"阿钟抱着阿喵,问。

"这和你有什么关系?"女人冷眼看着阿钟。

"我家的猫,喜欢跳舞,所以这几天,我都带它出去散步,我想知道,我们需要散步到什么时候。"

"猫会跳舞?别开玩笑了!你是在逗我吧!神经病!"女人关上了门。

阿钟低下头,看看阿喵。"阿喵,你这坏猫!"

阿喵却只是"喵——"

阿钟依旧带着阿喵每天下楼散步。

有一天，阿钟明明按下了自己住的楼层 16，电梯却在 15 楼停住了。

电梯门打开了，楼下的女人走了进来，还拿着她的琴。阿钟讶异地看看她，却没敢和她打招呼。他觉得，这个女人比他之前想象得暴躁多了，他还是不要招惹的好。

电梯门关上，关住了阿喵身上的猫咪味道，还有女人身上的香水味。

阿钟抬起头，看着电梯的数字从 15 变成 16。他走出电梯，女人也走出电梯。阿钟停在家门口，女人也停下了。他掏出钥匙打开门，走进屋里，女人站在门外，没有动。

"有事吗？"阿钟看看女人，问。

"我想看看你家的猫。"女人说。

"那……进来吧。"

女人说自己叫陌兰，李陌兰。不知为什么，阿钟忽然想到了李香兰。

"你家的猫，会跳舞？"陌兰迟疑一下，问。

"说了你也不会信。"阿钟放下阿喵。

"我现在信了，因为我看你每天都带它出去散步。"

"是啊，猫不需要遛，但我不想它在家里砸东西。"

"能让我看看吗？""看什么？"阿钟问。

陌兰举起了提琴。不等阿钟说"不要"，琴弓的弓毛便已经在琴弦上，蹭出一个完美的滑音。"喵——"阿喵兴奋的叫声顿时响彻房间，它已经很久没听到这琴声了。下一秒，随着琴声流淌，阿喵的身体已经高高跃起，定格在地面和沙发之间。

陌兰张大嘴，放下了提琴。"喵——"阿喵的身子轻飘飘地落在沙发上，疑惑地看向陌兰，仿佛在问："怎么没声了？"

陌兰张张嘴，好一会儿才崩出那五个字来："真……真的会跳舞……"

后来，陌兰依旧每天拉她的琴，而阿喵依旧每天在房间里乱撞。不同的是，陌兰每隔一段时间，就会停下来让阿喵休息一下。

她会坐在阿钟的沙发里，和阿钟吃着水果，聊着天，笑着阿喵。

"陌兰！陌兰！快开门！""怎么了？"

周末的清晨，陌兰睡眼惺忪地打开门。阿钟正一脸焦急地站在门口。

"看到阿喵了吗？""没有啊！怎么了？"

"我昨晚出去喝酒回来晚了，好像忘了关门，今天早上再看，阿喵就不见了。"

"跑掉了？""可能吧。"

"没事，它玩累了会回来的。"

"但是最近一直在抓流浪的猫狗，要是被抓去了怎么办？"

"那就回不来了呗……哎等等！有办法了！"陌兰跑回屋里，阿钟也跟着冲了进去。

"嘿，你跟进来干吗！我要换衣服的！"陌兰一手扯着外衣，挡在胸前，一手拼命向外推阿钟，"你在外面等着！"

三分钟后，阿钟带着陌兰，陌兰带着琴，出现在楼下。

"不会走太远的，它喜欢小区的花园。"

"阿喵！阿喵！"陌兰喊着。

"别喊了，我喊了一早上，也没见它出来。"

陌兰举起了琴，琴声如水流泻下，落在清晨草尖的露珠上。

"陌兰，我一直想问你，这是什么曲子？"

"流浪者之歌。"陌兰说。

他们听见，远处的绿色中传来"喵"的一声。一只黄白相间的花猫飞奔而起，疯癫地冲向阿钟和陌兰。

第四辑
始见初心

我们都是泥菩萨,在青春的急流中猛扑,
一层一层地融化,始见初心。

第四辑
始见初心

1. 风铃的歌声

无影无形的风,像久别后的记忆。而风铃,便是风的舞姿、风的歌喉。就像,我是你记忆的导演和代言人。

"叮……哗啦……咚,当……叮……"高速路上车行平稳,风从窗口吹进车里。后视镜上挂着的风铃在叮当作响,小茜坐在后座,昏昏欲睡。

"小茜,别睡了,你再睡我也要睡着了。"马克说。

"嗯。"小茜睁睁眼,哼了一声。

"小茜,你真不够意思,让我跟你换班开长途,结果你才开了两个小时,我都开了大半天了!"

"那你就找地方歇一会儿。"小茜换了个姿势,准备继续睡。

"小茜!跟我说几句话,我也困。"

"嗯!"小茜皱皱眉,不想理。

"我把你的风铃扔了啊!"

"你扔一个试试!"小茜猛地坐了起来,眼睛雪亮,瞌睡一扫而光。

所有人都知道,这个风铃是小茜的宝贝,谁动一根手指都不行。

小茜的风铃是男友送的,但到底是她的哪一任男友,没人知道。因为她身边总有男人环绕着，她不风流，但她的确是那种很讨人喜欢的女孩子。

小茜的风铃很特别，上面有八九只贝壳，六只玻璃铃，和六只陶瓷铃。当风吹着它们碰在一起的时候，总会发出奇怪多样的声音。

只有小茜自己知道，这串风铃，其实不是一串，而是三串。

那还是她的学生时代。

"哇，这个好漂亮！"小茜似乎特别喜欢那些可以悬挂的东西，比如相框，比如窗帘，比如风铃。她站在一间礼品店里，满眼渴望地看着那串风铃。晶莹的玻璃风铃，每一根绳索都仿佛是天地间最细的雨丝，闪亮地挂在眼前。小茜伸出手，轻轻地碰了一下。

"叮……"一声清脆响彻脑海。生命在那一瞬间仿佛水晶般净透。

小茜当时的男友，花了一周的伙食费，买下了风铃送她。他们都知道，这串风铃买贵了。但他们也都知道，爱情中的礼物没有贵贱之分，只有喜欢，或是不喜欢。

小茜将玻璃风铃挂在宿舍的窗口，时值初夏，当微风从窗口吹入，风铃便会带着"叮铃"的响声，飞进小茜的梦中。

那天，小茜回到宿舍时，室友正脸色苍白地捧着她的风铃。"对不起，小茜，我今天开窗户的时候，一不小心把你的风铃撞掉了，我不是故意的，对不起……"

小茜看看她手中的风铃，它像阳光下闪亮的泪珠，睡在室友的臂弯中，亮晶晶的绳索，无力地缠绕在一个个玻璃铃上。"碎得严重吗？"

"还剩下不到十只……"

"没事的，不要紧。"小茜接过风铃，收了起来。

她和男友分手了，因为他的不安。男友的心就像一个脆弱的玻璃杯，稍一触碰，就碎成一地的伤痛。他总是不安，仿佛小茜随时可能会离他而去；他总是妒忌，仿佛小茜和别人多说一句话，就会损害两人的感情。

于是，小茜将他的玻璃心彻底打碎了。而那串摔坏的玻璃风铃，被小茜拆成一只一只的玻璃铃，装进盒子。

毕业那年，小茜跟着男友到景德镇去玩，景德镇的特产，是陶瓷。满眼的碗碟、瓶盆、摆件，当然，还有风铃。看到风铃，小茜的眼睛就亮了。

"小茜，喜欢哪个？""嗯……"小茜看看这个，又看看那个。

每串风铃都像被细嫩的双手揉捏过的，润泽柔和。小茜忍不住探出手，抚过一串串风铃。陶瓷的风铃，也是叮咚的声响，却比玻璃要醇厚许多。

小茜最后选了一串雨滴形状的风铃。淡青的釉色覆在陶土上，仿佛雨后弥漫的雾气，染着天空浅浅的蓝。

"小茜，回头送你一串金属的风铃吧！"当他们拿着风铃，离开小街时，男友说。

"为什么啊？""陶瓷的容易碎，我怕你哪天把它打碎了。"

"打碎了可以再买啊！""那就不一样了，后来补的感觉总是不一样。"男友说。

小茜不懂，他说的不一样，究竟是怎样的一种不一样。她只知道，自己就像那个陶瓷风铃，被男友裹在棉花里，小心地收纳。

男友总是那么小心翼翼，小茜不明白，他在小心着什么。男友总要对她事必躬亲，小茜很奇怪，她自己明明能做。小茜觉得，自己像一只珍稀动物一样，被男友供养了。于是，她又分手了。

"我送你的风铃，扔了吧。"男友最后说。

"为什么要扔呢？""因为没有用了。"

"可是它还是好的。""那也没用了。"

小茜摇摇头，转身走了。其实每一场爱情走到分手时，受伤的那个人，都会说些奇怪的话，无论男女。

又是很久，很久之后的后来，在蔚蓝的海边，男友向小茜求婚。小茜却说，她要再等等。至于等什么，小茜自己也不知道。

世上的人那么多，有谁知道，身边的这个人是不是就是最合适的那个？到底什么又是最合适的？小茜想不出。

她有些无所适从，因为面前茫茫人海的浩瀚，因为她沧海一粟的渺小。

海边的贝壳仿佛是天上的星星，多得数不清。它们有的被粘合在一起，做成可爱的摆件；有的被刻上字，供游人带回去送给亲朋好友，另外还有些被做成了风铃。

在一个DIY贝壳的小店前，小茜看到，一串串的风铃从屋檐垂下来，飘荡在咸腥潮湿的海风里，哗啦啦地响着，有种广阔的慵懒。

小茜很想知道，当一只贝壳从水里捞出，挂到细细的麻绳上时，它会不会疼。

小茜也想知道，当贝壳被分成两半成堆地晾晒，要怎样才能找到它的另一半。

这种奇怪的念头，不断折磨着她的大脑。她想，要找到另一半贝壳，就好像人们行走在人海中，拼命想找到自己遗失的另一半生命。

"贝壳应该在海里，但它们现在却挂在空中。""喜欢吗？"

"不知道，总觉得有点残酷。""那只是贝壳的外壳。"

小茜摇着头，说："可是里面曾经有过生命啊！"

"但现在只剩下房子了。""剩下房子也不错，我连房子都没有。"小茜笑着说。

"没关系，你可以住我的。"

"也行。"站在曾经住满生命的贝壳前，小茜第一次有了想安定下来的念头。

"陪我做一串风铃吧！""好。"

于是，小茜的男友陪着她在海边坐了一天，自己穿出了一串风铃。那一天，他们的身边环绕着蓝色的海螺、白色的贝壳，还有咸涩的日光。

当贝壳离开海洋，就失去了生命，也失去了所有的意义。很快，这串贝壳风铃开始出现砂眼和裂缝，风铃的声音也失了之前的和谐。

小茜将贝壳和海螺拆开，一个个挑选，再翻出之前留下的玻璃铃和陶瓷铃，重新穿在一起，挂了起来。

"小茜，它看起来样子好怪！"

"怪吗？我觉得很好啊！"小茜看着风铃。

这是她的记忆，每一颗铃，都留着她的记忆和感受。她从很多人的生命中匆匆走过，她是很多份记忆的主角。她牵引着这些记忆，导演着一幕接着一幕。

小茜觉得自己就像眼前的风铃，只在被人触碰、被风轻抚时，才会发出声响。而随着她走过一个人又一个人的生命，她的生命之音也越来越丰富。

那些故事和记忆，就像风铃在唱歌。

"小茜，你到底要不要嫁给我？""嗯，可以。不过，再说吧……"

风从窗口吹过，吹着小茜的风铃，响着不同的声音，就像小茜的生命，总有不同的人，不同的事，不同的经历，不同的精彩。

2. 信笺上的旅途

思念是一方薄薄的信笺，我在这头，你在那头。明明只有薄薄的一方，却是我们走不尽的旅途。

"如今只有花常在，两地相思一处同"。马克收到的信笺上，没有人名，但马克知道，它远渡重洋，它跨越时间，从他们的过去，寄给他的现在，以及他们不能拥有的未来。

能遇见玲珑，是马克一生的幸运，却没能成为他的幸福。

他们相识在一家白血病治疗中心。马克是主任医师的儿子，而玲珑是马克父亲的病人。一个14岁的、心事重重的女孩子，她没有头发，也没有笑容。她的家庭很富裕，足以维持她高额的治疗费用，却不能保障她的生命。

马克第一次见到玲珑，是在父亲办公室的病人资料上。那是一张不大的照片，照片上的女孩笑得很好看。

"这是你病人？""是的，她本人和照片里不太一样。"

玲珑住在单人病房，她的父母希望她能尽可能地远离各种病菌。她像被关在笼子里的小鸟，只在每天上午的10点钟出门，到治疗中心楼前的花园里散步。

"你看，那个就是玲珑。"顺着父亲的手指看过去，马克有些不相信自己的眼睛。

一个人的变化，怎么会如此大？那一年，马克也才16岁，他还不能想象，精神崩塌后的人生是何种滋味。

"你在看什么？"马克走到玲珑身边问她。那是一个晴朗的上午，阳光落在玲珑干净的病号服上，也落在面前的草地上。

"我在看蚂蚁，它们在搬运一只苍蝇。"

马克低头看去。一群蚂蚁正奋力搬动一只死去的苍蝇，想将它拖回巢穴。可是，就在很近的地方，有蝴蝶在翩然纷飞。

"你看，蝴蝶。"马克指指一旁。

"我不喜欢蝴蝶，我要回去了。"玲珑转身走了。留下马克一人，看着蝴蝶飞舞。

这是一次不那么成功的搭讪。

马克去请教凡音。作为马克的同学，凡音已经交往过三个男友，她一定知道搭讪的技巧。

"你应该投其所好，懂吗？"

"我怎么知道她喜欢什么？"马克说。

"那是你自己的事。"凡音翻翻白眼。

于是，马克每个周末的上午都和玲珑一起，坐在草地旁的长椅上看蚂蚁。玲珑不喜欢蝴蝶、不喜欢笑，也不喜欢聊天。她只是一个人坐着，甚至懒得开口赶走马克。

一天，当马克坐在椅子上昏昏欲睡，玲珑却破天荒地开了口。"你这么坐着，不无聊吗？"

马克一个激灵清醒过来。"你呢？你不无聊吗？"

"我干什么都觉得无聊，因为我是病人，但你不是，你为什么要坐在这里？"

"看蚂蚁。"马克说。

玲珑看看马克。在阳光下，她的皮肤显得格外白皙。

"你的肤色真白。"马克说。

"可能是缺少户外活动，也可能是因为我的祖母是白种人。"

马克和玲珑的谈话是从混血的问题开始，最后却停在了舞蹈上。

玲珑喜欢跳舞，她跳得很棒，像一只蝴蝶。但现在她不能跳舞，她虚弱、低烧，就连每天的室外活动对她来说都是一种煎熬。

"等你好了，我们一起去跳舞。""我不会好的，我只会越来越虚弱。"

"你会好起来的，你要有信心。"

马克找来轮椅，推着玲珑在无人的小路上奔跑，也会推着她一圈一圈地旋转。

玲珑的脸上，渐渐有了笑容。她有了台历，她开始期待周末，也会主动问她的医生，马克什么时候会来。

一年后的冬天，马克的父亲回到家告诉马克，玲珑的手术很成功。

"手术？什么时候的事？""昨天。"

"为什么没告诉我？""她说怕你知道了担心，要我在手术之后告诉你。"

"手术成功之后，她就会好起来吗？""不出意外的话，应该没有问题。"父亲说。

再见到玲珑时，她确实看上去很不错。"很快我就可以跳舞了。"她看到马克走近，笑着说。

"为什么不告诉我？"

玲珑转过头，看向草地，低声说："我担心手术不会成功，如果没有成功,我可能……"她的脸色暗淡下来。

"不会有那种可能了,这一次,你真的会好起来。"马克拍拍她的肩膀。

"我妈妈说,等我彻底康复,就送我出国。"玲珑说。

"是……是吗?""那你有出国的打算吗?"

"没有。"马克平静地说,他忽然感到一只有些冰凉的小手握住了他的手。

"我不想离开这里。"玲珑说。

马克举起手,将玲珑的小手托在手心,拍拍她的手背。"我们会一直在一起。"

他们都知道,那只是一句美好的愿望,但玲珑还是拼命点着头。

相逢一瞬,别离一眼。玲珑离开的那天,马克请了假,到机场为她送行。他眼前的玲珑拖着行李箱,长发刚刚及肩。

"我以后还会再回来的,可能会。"玲珑笑着说,眼睛里却含着眼泪。

"这个不好说啊,你再回来,也只是旅游探亲。"

"我会去探你的啦!"玲珑还是笑,为了掩饰即将掉落的泪水。

"这个给你。"马克掏出一叠信纸,"带着吧,写点什么,再寄回来。"

明明他们有网络、有手机,但马克还是希望每月收到一张薄薄的信笺。他说,他喜欢那种带着温度的文字,和远渡重洋而至的感觉。

"刚到这边,觉得很不适应。虽然天更蓝,草更绿,可是这里很陌生。我发现我最熟悉的,便是那个苍白的治疗中心,灰白的墙,还有护士苍白的衣服。我从没想过,我可以再一次正常生活。我更没想过,病好之后,我被送到了这里。

"我试着调整自己,适应新的环境和生活,我不喜欢聚会,但这里的人热衷。新认识的朋友都说我舞跳得好棒,可是却没有人真的静下来用心去看。

"这边的房子很大，人很少，花园很大，空旷，还有点寂寞。我喜欢邻居家门前的那条小路，它很像我们一起奔跑过的那条路。我很想念我们一起的时光，哪怕只是一声不响地坐在那里看着蚂蚁。其实，我不喜欢看蚂蚁，我只是在等着有人走过来跟我搭讪。

"他们会问我，有男朋友吗？我说有，在国内。他们觉得这种远隔大洋的想念很不现实。我不能接受他们口中的现实，可是他们看起来很快乐。"

马克读着一封封的信笺，想象着玲珑的生活。但他更常想起的是回忆里的治疗中心，他推着轮椅，在小路上奔跑。

有时候，玲珑寄来的信里，也会有照片。她在健身，在跳舞，在跑步，和家里的猫扭作一团，在花园里帮忙除草。照片里的她总是笑得很灿烂。

马克将照片收在一起，试图拼凑出玲珑的生活。

他们远隔万里，在大洋的这头和那头。信笺，成了一种思念，在万里之间流转。

"马克，以后你也会出国吗？"凡音问。

"不知道，也许不会。""那玲珑呢？"

"她嘛，会有自己的生活。""那你们这算怎么回事呢？"

"我们本来也没有什么啊！"有一种淡淡的伤感，涌上心头，他们真的没什么。在最好的时间里，他们相识相伴，又在下一个故事开始时，各奔东西。

只在偶尔睡不着的深夜，马克会感觉到手掌传来的一丝温度，玲珑的温度，冰凉的，纤小的。她将思念写进薄薄的信笺，也写满他们走不尽的旅途。

"如今只有花常在，两地相思一处同"。马克知道，那个玲珑，不会再回来。

3. 红色的百元大钞

在那张红色的百元大钞上，留下的不仅仅是他人的铜臭味，还留着他们共同走过的艰难岁月。

凡音是个念旧的人。每年春季的大扫除，她总能翻出多年前的东西。

一张书签，边角处已经磨损得不像样子；一盒卡带，虽然已经没有收录机能播放；几张白纸，上面不知是谁写下的老歌词；甚至是一个儿童发卡，她都会珍藏起来。

凡音还喜欢连号的人民币，那种崭新的、平整的人民币，让她体会到伪富翁的感觉。

在一段经济紧张的岁月里，凡音忽然领悟，人民币的新旧程度和它的面值大小不会有一毛钱关系，于是那些留了很多年的人民币，被她装进口袋换了吃喝。

只有一张红色的百元大钞幸免于难，它被凡音小心地收在旧钱包里，从未动过。

那时候，凡音还在上学，而她的男友刚刚找到工作。

凡音的男友总是报喜不报忧，和她很像。所以，在学校的她从不说，这个月又没有伙食费吃饭了；所以，一个人打拼的他也从不说，这个月没给他发工资。

那一年，男友 24 岁生日。临近假期，凡音趁周末休息，到他的城市为他庆生。男友去车站接她，然后提着她的行李，带她回到简陋的家。

第二天上班前，男友掏出两百块塞给凡音。"要是想去逛街，别舍不得买水。"

那天，凡音跑到街上，走遍了商业街所有的手串店。男友喜欢手串，但他从不买，因为舍不得。这些，凡音都知道。

在一家窄小的玻璃柜里，凡音看到了她要找的东西。那是一串菩提根，不大的珠子，打磨得圆润而光滑。

几乎是一眼看中。卖手串的女人给了凡音一个有缘价，一百二十块。但凡音觉得，缘分是种说不清的感觉，缘分无价，所以她想也没想地掏钱买下了手串。

晚上，男友下班后，到商业街找凡音。凡音已经在超市买了吃喝，又买了米面菜肉，花光了身上的现金。他们坐在星巴克的座位上，一人捧着一杯 38 元的咖啡，慢慢喝。

"你今天都干吗了？"男友问。

"逛街，还买了点吃的用的。"

"开心吗？""嗯，开心。"

就这样默默地坐了一会儿，凡音忽然开口。"我有东西送你。"

"嗯？什么东西？"男友马上问，他仿佛一直在等着这一刻。

凡音从背包里掏出手串，仿佛少女羞涩的心事，小心地递给男友。"生日快乐！"她轻声说。

时至今日，凡音最爱回忆的，仍是男友当时的表情。他眼中先是闪过一丝惊异，接着，是有些发怔的怅然，接着他打开塑封袋，将手串拿在手里，用指尖慢慢地摩挲。

凡音从起先的得意和骄傲，变得有些紧张。"你不喜欢吗？"她试探着问。

"没有啊，我很喜欢。"男友的嗓子有些沙哑。

"那你怎么这副表情？"

"这个，不便宜吧？"男友坐在椅子里，忽然问。

"嗯，还行……反正，也不算便宜。"凡音低下头。她忽然意识到，自己好像花了一笔冤枉钱。

手串上的菩提子，普通而常见，只不过打磨了外皮，变得光滑匀整。可是，凡音就是觉得它精美，异常精美。所以她才会毫不犹豫地买下来，哪怕她的钱包里当时只有三百块。

"我就觉得这个品相应该不会太便宜。"男友说。

听到这话，凡音松了口气。她仿佛吃了一颗定心丸，大大方方地报了价格。

"嗯，值了。"男友的声音认真而有力。凡音挂着咖啡的嘴角，笑得很灿烂。

第二天男友休息，两个人窝在家里看电视吃零食，吃饱了睡，睡醒了继续吃。对他们来说，两地的时间久了，只要能待在一起，便是天大的幸福。

第三天，凡音要回学校了。

男友将她送上车，微笑地道别。凡音并不觉得伤感，这样的别离，她经历了太多次。从抱着男友啼哭，紧握着手舍不得放，到最后，只是微笑着告诉彼此："照顾好自己。"

回到宿舍，凡音收拾背包，却惊讶地发现，钱包里多了一张红色的百元大钞。

凡音对着钱包愣了半晌。接着她坐到桌前，一笔一笔地算账。没有错，手串，加上超市，她应该只剩下点儿零钱。

凡音记得很清楚。她没离开过她的背包，除了在星巴克去过一次洗手间。

当时凡音满手是水地走回座位，男友正在玩着她的手机，没有任何异常。

直到熄灯，凡音还躺在床上，翻来覆去地想。

"凡音，你大晚上不睡觉折腾什么？"室友玉生问。

"没什么，我在想事情。"凡音说。

"别想了，睡觉吧，明天考试，还要早起呢！"

"好。"凡音嘴上应着，心里却还在记挂着那一张红色的百元大钞。

不知什么时候，玉生睡着了，另外两个姐妹似乎也睡了。听着四下均匀的呼吸声，凡音的呼吸却渐渐变得沉重起来。她忽然很想哭。

半夜12点，凡音坐了起来。这不是午夜凶铃，但她必须要打这个电话。

电话那头的声音慵懒。"喂？"

"我吵醒你了吧？""嗯，没事，说吧。"

"你是不是在我钱包里放钱了？""啊？什么钱？"

"别装了，除了你还会有谁，我记得清清楚楚我钱包里没有整钱了。""……"

"是不是？""是。"

凡音抱着手机，忽然就哭了。

"凡音，别哭，哎呀，你怎么还哭了，别哭了，我心疼。"

"嗯，我没事……"凡音抽噎着。

"凡音，不要哭，会好起来的。""嗯？你说什么？"

"我说，日子会好起来的。"

那天晚上，凡音流下的泪水比任何一次都要温暖。

后来，日子真的好了起来。当凡音毕业，朝九晚五地上班下班，她和男友的家里已经有了舒适的沙发、整洁的厨房，还有一张大大的双人床。

他们在至亲好友的祝福下，办了只有几桌的简单婚礼，但凡音脸上的笑容，却毫不逊于身披钻石婚纱的新娘。

婚后，凡音常常会提起关于手串和那一百元钱的故事。"为什么你看到手串反而没那么高兴？我以为你会很开心呢。"

"我很开心啊，但我也觉得很心酸，我一共就给你那么点钱，你还给我买那么贵的东西。"

"我没觉得贵啊。不过，你又塞了一百给我，那你当时手里还有钱吗？"

"还剩了点儿。其实你知道吗，那月我没发工资，你来的时候花的钱都是我之前攒下的。"

"我知道。""你怎么知道的？"

"因为那个月你没告诉我发了多少工资。"凡音笑着说。

在艰难困苦时，凡音总会翻出旧钱包，抽出那张红色的百元大钞，微笑地看着。她觉得，她是富有的，因为这世上至少有一个人愿意和她分享最后一碗粥、一个馒头。

每次打扫房间，她都会掏出钱包，拿出那张纸币重温一下自己的幸福。

"你怎么还留着啊？花掉算了，你这么放着容易弄丢。"丈夫说。

"不会的，钱包丢了这张也不会丢的。"

"万一以后换版了，你这钱就花不出去了。"

"再说吧，反正现在不缺钱。"凡音说着，又塞了回去。

那一张纸币，早已退出了流通。它不再是以人民币的形式存在，在凡音眼中，那是他们爱情的珍贵信物，它见证着他们相扶相守的过去。

那张红色的百元大钞上，留下的不只是他人手上的铜臭味，还留着他们共同走过的、艰难却无悔的岁月。

4. 听海

> 写封信给我，就当最后约定；说你在离开我的时候，是怎样的心情。

玉生是麦霸。有她在的KTV，只需要听众，而剩下的一只麦完全成了摆设。但玉生也有沉默的时候。那天，她穿了一身黑色，一个人坐在角落，面前摆着几个空酒瓶，一声不响。

"玉生，你唱啊，不是你说想来唱歌的吗？"小欢拿着麦招呼她。

玉生却摆摆手。"不唱了，唱了你们又要说我麦霸。"

"没事的，我们准备好了。"

但玉生还是摇着头，拼命喝酒。她听见，有人唱了周华健的《海角天涯》，有人唱了张雨生的《大海》，有人唱了周杰伦的《花海》，有人唱着张惠妹的《听海》。

"能不能别唱海了，我晕船……"玉生说着，眼泪却落在酒瓶里。

"玉生，想哭就哭吧，哭吧。"小欢说。

玉生却还是摇着头。她一把抢过麦克，看也不看歌词一眼，闭着眼睛就唱开了。

"为何你明明动了情，却又不靠近……听……海哭的声音……"

那一夜，玉生一遍一遍唱着《听海》，一遍一遍流着眼泪，唱着"泪水也都不相信"。那一夜，很多人喝醉。玉生却越来越清醒，越来越冷静，越来越难过。

玉生爱上一个浪子。据说，那浪子也爱着她。但他说，他给不了她稳稳的幸福。

玉生的朋友很多都见过浪子。浪子不一定衣衫不整、乱发披散，也不一定嗜烟酗酒，但浪子就是浪子。他的眼里永远闪着精彩的光芒，却不为任何人，只为他那自在潇洒的生活。他在美丽的女人身旁，总会微笑，总很风趣，总让人想，他才是真正的良伴。

浪子飘忽不定的笑容、欢快飞扬的声音，还有他那无所畏惧的狂妄，都让玉生心动。

所有人都知道，那是一个浪子。玉生也知道。他们一起游玩，一起吹牛，一起欢笑，却不在一起。玉生只是小心地围绕，小心地守望，小心地看护着自己的心，将它牢牢锁紧。

浪子住在海边，他说海潮的声音很美。而房间里咸湿的空气，会让他梦到在水中自在游动。但浪子做什么是不需要理由的。就像他带着玉生回家，也没有理由。

那是某个清凉的雨夜，玉生接到电话，浪子说，他在某条街上的某个酒吧。

他大着舌头，说着"玉生你来吗，你今晚要是不来，以后也就不要来了"。

于是玉生拦下一辆出租车就去了。

浪子喝得大醉，玉生甚至不知道，迷蒙着眼睛的他是不是认得出自己。

"你来了？喝酒吗？"

"不喝，你也别喝了。"玉生伸出手，想拿走浪子面前的酒瓶。

浪子一把抓住玉生的手。"玉生……"

玉生浑身一热，手却不自主地颤抖起来。

"玉生，你爱我吗……"

仿佛是被外面的炸雷击中，玉生恍惚半晌才回过神。"你喝多了。"她试着抽回手。

"回答我！你爱不爱我！"浪子大声问，他猛地站起来，摇晃着扶住墙。

玉生却是愣愣的，有多少个相对大笑的夜晚，她都想说，她爱他如生命。可当这一刻到来，当她终于可以大声说爱，她却犹豫了。

浪子凄迷的目光穿越昏暗的吊灯，看向她，穿越她的所有心事。接着，他颓然坐倒在椅子里，喃喃地说："你到底爱不爱我……爱不爱我……"

玉生的眼泪忽然涌出来。她其实知道，浪子刚刚和女友分手；她其实知道，那女孩比她漂亮十倍。可她还是跪下来，忍着心疼，伸出手臂环住眼前这个颓丧的男人，在他胸前说着"我爱你"，流着眼泪，感受着他有力而微笑的拥抱。

那天夜里，玉生拖着浪子回了家，安顿他睡下。窗外，雨声在海潮的歌声中，缠绵悱恻。

所有人都说，玉生修成了正果，将她的男神成功反扑。只有玉生自己知道，她的那颗果实挂在枝头，摇摇欲坠，就像11月的风雨中常春藤上的最后一片叶子。

但浪子还是那么欢快，无论谁陪在他身边。

在阴天的下午，玉生会坐在海边，看着浪子冲向海浪，他不游泳，只是让自己平躺在海水中，塞着耳朵，露出鼻子。

躺在阴云之下的海面，是灰色的，浪子在海上漂浮着，不声不响。不记得多少次，玉生都会在均匀的潮汐声中慌慌张张趟进浅海，心惊胆战地看着海面。他呢？

浪子却只是笑笑。"怎么，这么盼我淹死吗？"

玉生摇摇头。她只是心里不安，她只是觉得他随时都会离开她。

浪子的内心是什么样，玉生从来不懂。她只知道，他飞扬时，她的心也跟着起飞，他低落时，她的心会落进海中，慢慢下沉。

"你说，我们会结婚吗？"有一天，玉生忽然问。他们正坐在海边，看着退潮的浪花拍打沙砾。

"结婚？"浪子问着，忽然他就站了起来，几步冲向海浪，向前一扑。

那一天的风很大，浪头的泡沫很多，浪花携着沙砾向后猛烈地退着。转眼间，浪子的身影也消失在海水中。

玉生追到浪头，愣愣地看着那看不见的身影。"这是退潮啊！你疯了吗！"她大叫着。

可是，没有人回应，只有浪花惊声拍在岸上。玉生跪在沙滩上，放声大哭。

"我只是下去泡一下，你至于这样吗？"浪子的声音在身后响起。

"我就问你结不结婚，你至于这样吗！"玉生号哭着站了起来。浪子的衣服湿漉漉地贴在身上，默默地看着玉生。

"你爱我吗？爱过我吗？"玉生撕心裂肺地问着。

"我爱你，玉生，但我给不了你承诺。"

"我知道的，我一直都知道。"

"玉生，我们不合适的……你现在就哭成这样，如果有天我去了别的地方，你会怎样？"他抬起手，摸摸玉生缠在鬓角的乱发。那湿润的手指，拈起一丝又一丝墨黑色的心事，在海风中纷飞。

"你会遇见比我更好、更安稳的人，他会给你一个温暖的家。"浪子淡淡地说。

他的声音失了惯常的风趣和不羁，伤感地流出，不紧不慢，不悲不喜。

玉生却只是紧紧攥着他的衣襟，低着头，不吭声。

后来，他们的故事没了下文。玉生依旧爱着浪子，而浪子依旧做他的浪子，就像每天的海潮，涨了又退，从不休止，也从未改变。

浪子走了，他真的去了别的地方，去了另一片海岸。而海潮的歌声，不知什么时候变成了哭声。

他走的那天，玉生穿了一身黑色，拼命地喝酒，直到眼泪落进酒瓶。她一遍一遍唱着《听海》，一遍一遍流着眼泪，越来越清醒，越来越冷静，越来越难过。

她拴不住浪子的心，他不会为她停留。那个下雨的夜晚，也只是他们的恰好。他恰好问她，爱不爱他。而她也恰好，正爱着他。

喝醉了的夜晚，浪子不会再大着舌头给玉生打电话。只在某个失眠的夜晚，当玉生拨通他的电话时，他会对她讲讲海的颜色。

"你睡了吗？""还没有，在看海。"

"看得见吗？""看不见，但能听见。"

"海会哭吗？""它现在就在哭。"浪子说。

他的声音懒散的，飘忽的："有时候，我会梦见你坐在海边，微笑地看着我。"

玉生坐在浪子曾坐过的窗前，听着外面的海潮，微笑了。

他明明动了情，却不敢靠近；她明明伤了心，却不肯清醒。因为，她无从选择，因为，还有那片多情的海，会替她悲泣到天明。

谢谢你，如此爱我。

5. 秘密的最末页

我将秘密写在你书的最后一页,但你翻着翻着,就合上了书。

感谢上苍,让迷糊的我们还能在一起。

学校的图书馆里,成排的书架仿佛静默的旅者,背负着时光的印迹。很多书上面都落了薄薄的尘土,因为很少有人借阅。

小欢喜欢走在书架间,看着那些她陌生的书名,仿佛一张张陌生的面孔,令她肃然生畏。

小欢也喜欢躲在一排人气萧条的书架后,装模作样地拿一本书,偷看着对面的人来人往。

她发现有些同学来图书馆并不是为了看书。

他们有的是来躲清静的,有的是来谈恋爱的,有的是来装样子的,还有的是来睡觉的。也有真的来看书的同学,但是不多,相貌投缘的更是没几个。

可是缘分这种东西,遇见一人,便已足够。

那是一个看起来有些腼腆的男生,穿着黑色帽衫,浅色牛仔裤,很平常的样子,但他手里的那本《西欧中世纪社会史研究》却是很高深的样子。那是在少有人去的书架上拿的。

小欢开始偶尔在那些寂寞的书架旁遇见男生,他会拿下一本书,轻轻拂去上面的尘土,小心地翻看。

小欢也抱一本书,一本她连书名都没有看的书,装模作样地低头看着,眼角却偷偷地瞟着那个男生。

他是学什么的?哪一级的?哪一班的?有女朋友吗?面对温茹连珠炮似的问题,小欢傻了。

"你什么都不知道?""不知道。以后再问呗。"

"以后?你怎么知道那小哥下次还会不会去?还能不能遇见你?你都不担心在这段时间里他从单身变成有主的吗?"

小欢愣愣地看着温茹。

"算啦,瞧你那笨样,下次我跟你一起去,我给你问。"

小欢总在周日去图书馆,于是下个周日,温茹放弃了逛街购物,拖着小欢到图书馆去。她们坐在阅览室的门口,温茹盯着每一个进出的男生。"是他吗?"

小欢摇头。

"那个呢?这个是吧?哎,是那个吧?这回总是了吧?"

温茹一个一个地问,开始只问穿黑色帽衫的,后来只要是男生就问,可小欢只是摇头、摇头、摇头。其实那男生早已进了借阅室,他还穿着那件黑色帽衫,但小欢却装作没看见。

"哎,你看这个在对你点头啊!是他吗?"

小欢还是摇头。那个男生终于走过来。他拿着一摞书,看看小欢,便走出去了。温茹似乎看出了哪里不对劲,她看看男生的背影,又看看小欢。

"刚才看你的这个是不是?"

小欢摇着头:"不是。"小欢嘴里说着不是,脸上却因为那道注视微红起来。

"还说不是!你脸都红了还不是!我在这儿陪你坐了大半天,你居然忍心骗我！你这个狼心狗肺的家伙！"温茹不顾周围同学的目光，大声地嚷嚷着，接着，她站起身大步流星地走出去。

小欢看看周围，大家都在看着她。她耸耸肩膀，也站了起来，向外走去。

小欢以为，以温茹的脾气，一定会一气之下先回宿舍去，结果一走出借阅室的走廊，小欢就看到温茹站在那里左顾右盼。

"居然让他跑了。"温茹嘀咕着。

"你在这儿干吗？"小欢惊讶地问。

"干吗？帮你问名字啊！这小子也真是，我刚追上他，他就借故跑了！"温茹愤愤不平地看了一眼小欢，继续说，"真是跟你一样，一对胆小鬼！"

下一个周日，小欢独自一人跑到图书馆，站在之前摆着《西欧中世纪社会史研究》的书架前，认真地看着。

中世纪史研究、中世纪的宗教与经济、中世纪的航海外交……小欢随手取下一本《中世纪绘画艺术》，这本书里有很多名画，她还算看得懂。

小欢心不在焉地翻看着一张一张的彩图，一边看着手表。怎么还不来？怎么还不来？终于，他在书架尽头出现了。

小欢扭过头看看，接着又"专心致志"地埋头在她手中的彩图里。那男生先看了一会儿，忽然，向小欢走来。

小欢收回眼神，盯紧那张裸体的维纳斯画像，屏住呼吸，想藏起自己加速的心跳。

"同学，不好意思，你拿的这本书可以借给我看看吗？"

小欢抬起头，脸却红了一片。"这个吗？"她小声问。

"是的，我需要这本书查些资料，不过，我可以让你先看。"

"真的吗？""嗯，但你看完之后要给我，不然会被别的同学借走。"

"这个架子上的书很少有人看啊。"小欢说。

"我们班最近有个竞赛,需要大量资料,班上的同学都会来借这本书,所以,你一定要替我藏好它。"

"好。"仿佛是多么隆重的一份约定,小欢抱紧了那本浮满尘土的旧书。

于是,就这样幸运地,小欢有了扬河的一本书和他的手机号码。

"喂,书我看完了,要怎么给你啊?"小欢怯生生地打电话过去。

"你看得真快。"

小欢在这边羞红了脸,连肩膀都羞得挤在一起。"哪有,我就是随便翻翻,和看小人书差不多。"

"哈,那可比小人书值钱多了。你周日去图书馆吗?"

"周日吗?可以的。""那好,我在图书馆等你,老地方,老时间。"

周六晚上,小欢写下一张卡片,用透明胶带将它轻轻粘到书的最后一页。接着,她爬上床,翻来覆去地等待着天明。

他会看到的,是不是?他说他们要竞赛,要查资料,所以,他一定会看到的,不是吗?小欢缩在被子里想啊想,终于笑出了声响。

很快,在一个美丽的黄昏夕阳下,一伙人闹闹哄哄地来到小欢的宿舍楼下。

"小欢,做我女朋友好吗?"在寝室兄弟的陪同下,扬河扯着嗓子吼叫。不知是因为喊得太用力,还是因为太过紧张憋住了气,他的脸红得像火烧云。

"哇哦!小欢你成功了!"温茹尖叫着,率先冲下了楼。

"哎,真是谢天谢地,我一直担心你不答应的。"扬河的脸映在渐落的夕阳下,满是兴奋的红光。他正牵着小欢的手走在校园的马路上,像每对饭后散步的校园情侣一样。

"我怎么会不答应呢,我不是写得很清楚吗?"小欢涨红着脸低声说。

"你写什么了?"扬河一脸茫然。

小欢惊讶地抬起头:"你没看见?"

扬河摇着头。"没有啊,你写什么地方了?"

"卡片上了啊,我还把卡片贴在那本绘画艺术里了呢!"

看着扬河发愣,小欢睁大眼睛。"你没看?"

扬河一把扯上小欢奔向图书馆。台阶,大门,大厅,楼梯,借阅室,书架。书架上没有那本书,扬河又跑进借阅室,一桌一桌地看过去。

"同学,你的书能借我看一眼吗?……就一眼……好,谢谢。"扬河抄起那本绘画艺术,以每秒十页的速度从头翻到尾。终于,在那本书最后一页的背面,扬河找到了那张卡片。

他一把扯下卡片,拿在手里。"谢谢,书还你。"

坐在长椅上,小欢长出一口气。"幸好没被别人看见。"

"看见怎么了,只有'河,我爱你'四个字和一个电话号码,谁知道是你。"

小欢摇摇头,她忽然念头一闪。"扬河,你不是说你们有竞赛要查资料吗?难道那本书……你根本没看?"

扬河脸上飞过一片红色。"我查什么资料啊,我……我当时就是找个借口跟你搭讪的。"

暮色下,两个迷糊的孩子傻傻地笑。

感谢上苍,让你在错过之后,还能再一次抱紧我。

6. 睡着的紫藤花

> 当回忆的钟声敲响,我在春天的香气中沉睡。无须担忧,我只是在沉睡,只是在等着那个人,将我唤醒。

温茹的家乡有一株粗壮的紫藤,据说已有几十年的历史。

几十年,到底是几,到底多少年,温茹也说不清。她只知道,这株紫藤被隔壁的老人家栽下时,她还没有出生,而当她还很小的时候,紫藤树就已经很大了。

每年3月,当紫藤花蕾初现,温茹都会搬个小凳子,坐在树下,数了一串,还有一串。邻居家还有个小哥哥,他会和温茹一起坐在凳子上,数着一串又一串的花蕾。

"哥哥,今年比去年多了好多。"

"因为树在长大嘛!你的头发也会越长越长啊!"

当黄昏将至,大人们坐在紫藤架下喝着茶,聊着天,温茹又搬着小凳子出来了。

"哥哥,这些花苞最后都能变成花,是不是?"她看着天边的火红,操心着树上的花。

"嗯，也有些到最后都没开。""为什么不开呢？"

"因为有的花爱睡觉，一睡着，就把开花的时间错过去了。""真可惜！"

当4月紫藤开花时，果然有很多花苞没有开。它们静静地垂在盛放的花朵旁，仿佛是藏在小姐身后的丫鬟们。

"等那些花开完，它们会开吗？"温茹数着花苞问。

"如果那时候它们醒了，还会开的。"

"要是不醒呢？"温茹担心地问。

"那就要等明年啦！""叫醒它们不行吗？摇一摇它们。"

"你叫不醒的，只有它们喜欢的人才行。"

做一朵紫藤花真是太麻烦了，开个花也有这么多讲究。

邻家的小哥哥喜欢打仗。他总是在院子里，用板凳和木块搭成一个方方的城，留出的豁口是他的城门，院子里的石子是成千上万的敌军。

哥哥拿着木棍站在城门前。他是豪气盖世的将军，而温茹是倾国倾城的美人。在日复一日的拼杀和搏斗中，将军气吞山河、一人当关，横扫千军万马。

他无数次地击退了敌人的进攻，最终驱散了敌人，保护了美人；他也无数次地冲入敌人的军营，砍翻全营的将士，救出了美人。

每当战斗结束，将军都会一抹脸上的汗水，昂首阔步地走过去，轻拍着美人的手，说一句"放心，我绝不让他们伤害你"。

温茹喜欢紫藤盛开的季节，因为4月的美人，头上戴着淡紫色的紫藤花冠。美人会将花冠摘下，戴在英雄头上，为他的英勇，也为她的芳心。

他们是吕布和貂蝉、项羽和虞姬，也是每一个童话故事里的王子和公主。

"等你长大了，我就娶你。""好，等我长大了，就给你当老婆。"

不记得是什么时候说过这样的话，也许，在那一次又一次的游戏里，他们已经在心中说过了无数次。后来，两个人远走高飞，去了不同的城市。

"温茹，等我们毕业，就一起回来数紫藤花。"

"好。"温茹风风火火地走了，她将童年的梦境藏进了那株大大的紫藤里。

"温茹，我老乡说喜欢你，你要不要认识一下……温茹，周末一起去看电影怎么样……温茹，你有男朋友吗？"所有这些，温茹都只是摇摇头，因为这些人，没见过她的紫藤花。

"温茹，你怎么不找个男朋友。"室友方眉和小欢帮着温茹将一个又大又重的箱子抬上宿舍楼，气喘吁吁地问。

"嗯？不想找。"温茹蹲在地上，喘着粗气将箱子翻个身。

"你看，你不找男朋友，连箱子都没人帮你拿。"

"你们找也一样啊！需要时让他来帮帮忙不就行啦！"温茹满不在乎地说。

"那怎么能一样呢！我们这是在为你的个人幸福着想。"

温茹却从箱子旁站起来，走到窗前，静静地看向窗外。半晌，她才喃喃开口："可是这里，没有紫藤花。"

每年暑假，温茹都会从家乡带回她的紫藤花，风干后，再小心地夹进书里。

4月是紫藤花的花季，但在夏末秋初时，它还会再次开放。每到这时，温茹总会拉着邻家的哥哥，坐到紫藤树下，数着一串一串的花。

"温茹，在学校有没有找男朋友？""没有。"

"为什么不找？"

温茹伸手指指头顶，神秘地说："我是那朵睡着了的紫藤花。"

"那你打算什么时候苏醒呢？"

"我在等我喜欢的人，等他来叫醒我。"温茹转过头看着身边的男人，眼神里闪烁着夏天的炽热。

他已经从那个手拿长棍的小英雄，长成了一名真正的男子汉。那腮帮微微泛青的胡茬，和日渐深邃的目光，都在言说着，他已经不再是当年那个只会喊着"杀杀杀"的小哥哥。

"明年我就毕业了。"他说。"我要到后年。"温茹回答。

"你那边的工作环境怎么样？"

"呃……"温茹真的不知道，她还没有考虑工作的问题。

但当他背着行囊，站到她面前时，温茹哭着笑了。

"这是我男朋友，暮楚。"

"温茹你什么时候有的男朋友，我们怎么都不知道！"

"早就有了啊……"温茹笑眯眯地说。

"早？早到什么时候？"

"早到……我相信花会睡觉的年纪。"

"那真的是很早很早了。"暮楚在一旁笑着说。他几乎不记得，自己是什么时候对温茹说了这样的谎话。

其实，那并不是谎话，当年爷爷就是那样对他说的。而他对温茹，从未说过谎话。

暮楚在温茹的城市里奋斗着，等着她毕业，等着她一步步走向他，等着她，像一朵睡着的紫藤花那样，慢慢盛开。

温茹确实在慢慢盛开，她收起了火爆的脾气，变得温婉；她收起了破洞的短裤，换上长裙；她也收起她的成绩单，投出简历。

"温茹，你以后打算在哪里生活？留在这里还是回老家？"方眉问她。

"没想过，他在哪里我就在哪里。"温茹头也不抬地翻动着笔记本，里面，一页一页夹满她的紫藤花。

在温暖明媚的 4 月，暮楚和温茹的婚礼盛开在家乡的紫藤花下。

很多同学和朋友都去了。他们想看看，这些年来笑语嫣然不曾瘦，却独身一人守空窗的温茹，到底在等一个什么样的男人。

他们看他牵着她的手，轻轻拍着，就像在多少个日间的阳光下，他扮英雄，她做美人；他们看她偎在他身旁，微微闭目，就像在多少个黄昏的紫藤下，他打着盹，她装着睡。

在垂拱一样的大片大片紫藤花下，他们拥抱着，就像头顶那漫卷流长的花藤，缠绕着坚实的花架。

温茹流云一般的发，从他挺阔的肩膀流淌而下，仿佛多年来的思念与期盼，一泻千里。那是从咿呀学语、蹒跚走步，到羊角辫和桃子头，再到三月烟柳不如眉、向阳古木合环抱的岁月。

紫藤花开在头顶，仿佛一串一串心灯，倾诉着两人从小到大的回忆，在微风中散着香气，直抵梦乡。

"温茹，真羡慕你啊，青梅竹马，两小无猜。"朋友们都这样说着。

温茹笑着，接受他们的祝福。没有人问，她和暮楚数过的紫藤花，开了又谢多少年，开了又谢多少朵，香飘多少里路，零落几尺光阴，才盼到他们一起长大。也没有人问，她睡在紫藤花下，等着花朵醒来，等了多少个夜晚。

在春四月的花季，温茹沉默地睡，在夏末秋初的晚季，温茹苦苦地守。只等那个她喜欢的人来到树下，轻声唤醒她，看着她，在独一无二的时刻，焕然绽放。

7. 雪花温热

谢谢你，曾走入我的生命，让我在雪花纷飞的冬日，看到温暖的春天。

飘雪的圣诞节，永远是最美的。当节日的灯火点亮城市，当成串的彩灯缠绕小镇，当满街的行人抱着礼物，当新年的脚步渐渐走近，一切都是那么的美。

"Merry Christmas,my dear!"平安夜的晚上，程可从后面抱住方眉，在她落满雪花的发间温柔地呵着气。

方眉转回头问："有礼物送我吗？"

"有啊！"程可笑着说。

方眉看看程可空空的双手，又探手摸了摸他瘪瘪的口袋，皱着眉问："哪有？"

"真的有，猜猜是什么？"程可笑得很神秘。

"猜不到。"方眉撇撇嘴，转过头不理他。

这是方眉第一次过真正的圣诞节，在一个到处是基督教徒的国度。

程可和她是中学同学，只不过，他直接出国留学了。这件事让身边的很多同学和朋友羡慕,羡慕着方眉有一个留洋的男友。

　　但对方眉来说,生活却没有别人眼中那么精彩。自从程可登上那架该死的航班,他就从她的生活中消失了。

　　高考复习整天拼命的时候,程可不能陪伴;心惊胆战踏入考场的时候,程可不能鼓励;日日煎熬等出成绩的时候,程可不能安慰;收到录取通知书兴奋的时候,程可不能拥抱。

　　在方眉的字典里,围绕着男友程可的,是很多个"不能"。而字典里留给她自己的,只有一次又一次的独自前行。所以,方眉也比同龄的小女生们深沉许多。

　　大二那年,在程可的坚持下,方眉扔下课业和即将临近的期末考试,在圣诞节之前,降落在这个寒冷的城市。

　　他带着她从城市逛到小镇,带她看他的家,领她见自己的父母,带她认识自己的朋友。他也会带她去小镇附近的山间滑雪。他站在起点,将她一把推出去,然后,再跟着惊声尖叫的她一起滑下去,到了某个技巧高超的转弯处,再和她摔成一团,在雪地上拼命翻滚。

　　扬起的雪片,宛若轻灵的冰晶,迎着日光,闪闪地飘荡在两人的唇齿之间。

　　"你疯了吗?我会折断脖子的!"

　　"不会的,你的脖子像白天鹅一样柔软。"

　　"如果我是白天鹅,我一定会用我宽大的翅膀抽瞎你!"

　　"哦,天哪!你的内心像黑天鹅一样阴暗。"

　　于是,他们就真的滚作一团,直到方眉吁吁地喘着气,直到程可塞了一领的雪,才会安静地躺入雪中。

　　他说在国外,人会容易寂寞,会想念家乡的街道,还有那些家乡的人。

"是不是只有这种时候,你才会更想我?"方眉酸溜溜地问。

"不然我也会想你,我每天都在想你。"

他们牵着手走过小镇干净少人的街道,看着雪花一片一片飞落。

"每年圣诞这里都会下雪吗?"方眉仰起头,看着雪花。

"不,去年没有,前年也没有。"

"那我岂不是很幸运?""嗯,是的。"

直到平安夜那天,程可才告诉方眉,今年的雪特别多。他想,也许圣诞节也会下雪,于是他告诉方眉,一定要来。他想和她一起,度过一个飘雪的圣诞夜。

现在,他们站在圣诞夜的大雪中,时间已经悄悄滑过了 12 点。他却两手空空地没有礼物。"方眉,跟我来。"在程可家的后院,方眉看到一个白色的人形立在院中。

"这是……什么啊?"方眉差点笑出来。

"不要笑,仔细看!"

那是一个雪人,但和方眉常见的不一样。

它不矮,不胖,它和自己的身高差不多,身上有大衣的轮廓,甚至还有头发。它的长发从颈后披散在肩上,和其他的部位一样,都是温和的白色。方眉伸出手,触摸着那个雪人,惊讶于它的逼真和冰凉。

"像你吗?"

"嗯,像……你是怎么做到的?"方眉转头问程可,她的手指却停在雪人的胸前。

"我找了个朋友帮忙,"程可说着,将方眉的手指轻轻拿下,"他的父亲是做冰雕的。"

方眉又看向雪人。

"喜欢吗?"

"喜欢。"方眉说着,将自己的围巾和帽子摘下,戴在雪人身上。她又看了看那雪人,不由得感叹起来:"她真美。"

"是啊,你真美。"程可环住她的肩膀,"我们回屋去吧,外面冷。"

那是方眉记忆中最浪漫的圣诞节。她和程可坐在圣诞树下,喝着可可,吃着蛋糕,看着外面雪花纷飞,看着雪人静静地伫立。

"为什么不多做一个?"方眉问。

"做一个我的样子吗?""嗯。"

"等明年吧。"程可笑着说。

"明年要是不下雪了呢?"

很久之后,方眉回忆起那个圣诞的夜晚,她总会微笑着骂自己傻。明年下不下雪,并不重要。重要的是,明年的圣诞节,他们是不是还在一起。

方眉没等那个雪人融化,便回国了,但程可每天都会拍照片给她看。

在照片中,方眉看着那个雪白的、圣洁的自己在一寸一寸地消融。面目模糊,四肢模糊,最后,浑身都模糊起来,成了矮矮的一团,融化在早春的阳光下。

距离中的时光就像不动声色的春色,轻轻拂过记忆的雪人,让它在心中慢慢消融,将它化成一摊没有形状的水痕,最后,无影无踪。

方眉和程可,不再拥有下一个圣诞节。也许,在下一个飘着雪的平安夜,程可家的后院还会竖起雪人,却不再是方眉的样子。

方眉将阿离拖出去陪她看雪景,在冰冷的平安夜,在人头攒动的商业街。

"你真是够了,没男朋友就不要过平安夜,害得我这么帅的男人还得干坐着陪你。"

"不愿意陪就走,走得越远越好。"方眉抱着一杯可可说。

"我是那种不懂怜香惜玉的人吗？坐吧，你坐着吧，让他们等着。"阿离一伸下巴，指指坐在门口等位台前的男男女女。

"阿离，你信不信，雪是有温度的。"

"当然有，零下 3 摄氏度。""不，雪是很温暖的。"

"方眉，你疯了。""我没疯。"

"你要是真想程可就去找他，别在这儿憋着，不然你迟早把自己憋进精神病院。"阿离说。

方眉摇着头。雪花真的是有温度的，在那个小镇，在他家的窗口。

它们争先恐后地从推开的窗户涌进房间，在她的手里，散发着隐隐的雾气；它们依偎在那尊像极了她的雪人上，温柔地黏附，轻巧地攀缘。

方眉并不难过。因为在她的字典里，围绕着程可的是很多个"不能"。对她来说，程可早已成为她生活中的一个符号，一个曾经叫作"男友"，现在又被叫作"前男友"的符号。

可是，他又是那个让她温暖的人，她会永远留住那份感动。

无论多久，方眉都会记得，在雪花纷飞的小镇，有他的家。

她会记得，他父母含笑的眼眸中，映着她的身影；她会怀念，后窗院中那片白色里，立着她的雕像；她也会回想，在那个北风冰冷的天地里，他牵着她的手，走进教堂。

在悠扬的唱诗声中，他握紧她的手，移到胸前，郑重地问着她："方眉，你愿意嫁给我吗？"

圣洁的诗歌，唱给耶稣基督，唱给圣母玛利亚，唱给虔诚的信众，也唱给这圆形拱顶下的小小的两个人，两个还不懂爱的人。

那年的他们只知道在一起便是幸福，纵使天地间白雪皑皑也会觉得温暖，却不知道，为了要在一起，每个人要走过多少凄风苦雨、长路漫漫。

8. 一串中国情结

> 无论你远走他乡，或是远渡重洋，请记得，带上家乡的想念，带上家乡的脚步，让它们在你头顶的岁月里，徘徊飘扬，低回成吟。

阿离的全名叫吴离，姓吴的吴，离别的离。阿离的名字是爷爷取的，爷爷希望阿离的生命中，不要有别离。

爷爷看多了战争的残酷，看多了海峡两岸之间的牵绊，他只想在他的有生之年，安安稳稳，团团圆圆。可是，就连这样的愿望，也没能实现。

在阿离 10 岁那年，父母带着他，离开了爷爷和奶奶，离开了家，离开了国家。他们走的那天，爷爷一定要带着奶奶到机场去送他们。

10 岁的阿离心里并不清楚，离别到底是何种情绪，他只知道，他在很长很长的时间里，见不到隔壁的女孩成珈，也见不到爷爷奶奶了。

爷爷拍着阿离的头，虽然他已经是大孩子，虽然男人的头不可以随便摸，但爷爷还是拍着他的头。"阿离啊，再长大一点，能自己坐飞机的时候，记得多回来看看。"

"爸，我们会经常回来的。"父亲说。

"你们那么忙，哪会有空回来……"爷爷的声音苍老起来，"好了，走吧。"

离别时，爷爷和奶奶的身影，在候机大厅的那一头，越来越远。

爷爷有时会打来电话，问问这，问问那；他也会在电话里感慨，说自己老了不中用；更多的时候，他会问阿离，在那边好不好，习不习惯。因为家里只有阿离一个人，经常有空抱着电话聊很久。

阿离慢慢长大，他回去的次数很少，少之又少。他忽然觉得，其实在这里，和在那边的生活没什么不同。融入一个新的环境，熟悉周围的商铺，认识隔壁的邻居，完成学校的课业，一切的一切，改变仿佛都是那么自然。

他陪着爷爷煲电话的时间越来越少，他有很多事要忙，去打球，去遛狗，去给隔壁街区第五栋房子里的金发女孩送花，甚至帮朋友修理自行车也会占用他大块的时间。陪爷爷聊天？他没那个时间。

明明网络已经开始流行，但爷爷还是喜欢拨电话。他说，他不会用电脑，他说，他喜欢听声音。

"可是，在视频里可以看见对方啊！"阿离说。

"呵，呵，那是很好的，"爷爷苍老着声音说，"但是看着脸，有些话就反而说不出啦！"

阿离不太理解爷爷说的是什么意思，直到他遇见一个女孩。

那女孩仿佛太阳花一般甜美，笑容像夜空的星星一样闪耀，又像朦胧的月光一样唯美。她吸引了阿离的全部视线、全部注意、全部心思，当然，还有他的全部智商。

在太阳花女孩面前，阿离就像个呆笨的口吃患者，总说着无法连贯的疯话。而当他回到家里，静静地坐下想写信给她时，他的思念和情愫便澎湃而出，片刻不停地落在纸上。

阿离忽然明白，爷爷那些看着脸反而说不出的话有着怎样的心情。

第一次发觉爷爷变老,是在一次电话里。爷爷在电话里说,给他取错了名字。

"阿离啊,阿离,真不应该叫你阿离。""为什么啊?这名字不是挺好的吗?"

"是啊,是啊,"爷爷兀自嘟囔着,"吴离是很好的,可是你叫阿离,阿离阿离,离啊……"

阿离的心里酸酸的,原来,他成了爷爷的离别。那一年,阿离16岁,他决定回去看看爷爷奶奶。

阿离陪着爷爷奶奶住了一个月,体重增加了十五斤。

"天啊,臭小子你怎么胖成这样?"回来后,父亲见他第一眼,就劈头盖脸地问。

"我这还每天早上出去锻炼呢!"

"鬼才信,去,帮我把车擦了。"

阿离真的每天早上跟着爷爷出去锻炼。爷爷在小院的那棵大槐树下打太极,阿离也跟着学,虽然他连抱球都还不会。

爷爷头顶的槐树上,挂着一串红艳艳的中国结。大大的结,缠绕着红红的线,拖了顺滑的流苏,在风中美美地飘着。它的样子总让阿离想到武侠小说里那招展的酒旗。

后来,奶奶病故,爷爷的寂寞又多了一层。他从来不说,但阿离可以想象,他的寂寞一定比暮色中那一排连着一排的红云还要浓,比深秋时那一层压着一层的黄叶还要重。

阿离时常想,要是他能多回去几趟,爷爷会不会不那么寂寞。于是每个假期,阿离都会回去陪爷爷打太极。

他放弃了打球,将遛狗交给母亲去做,隔壁街区第五栋房子里的那个金发女孩已经从他的私密好友分组,移动到了普通好友列表。而那个曾让他口吃的太阳花女孩,也早已有了男友,他会将她放在自己内心的最深处。

阿离觉得,这样的生活也不错。他用一个夏天的时间学会了抱球,而不是带球走步,接着,他又学会了野马分鬃、双峰贯耳、白鹤亮翅、转身搬拦捶。

阿离觉得,这些名字也不错,比"乔森·阿玛尼·科马比斯利·科尔斯蒂普特里"这种名字好听得多。

一年夏天,阿离回到家。"爷爷,你的中国结换了?"

"是啊,是啊,之前的那个旧了,有一天夜里大风,我来不及摘它,结果被风吹坏啦!"爷爷絮絮叨叨地讲着。

"你把中国结挂得那么高,怎么摘的?"阿离问。

"等着啊,等我拿给你看,我有竿子。"爷爷兴奋得像个小孩,太极拳也不打了,兴冲冲地走进院旁的小屋,从里面拖出一根长长的竿子。

"看!我就是这样……"爷爷站在树下,仰起头,用那竿子的一端比画着,阿离的眼睛却湿润了。

"爸,爷爷是真的老了。""怎么了?身体不好吗?"父亲问。

"不,他身体很好,就是整个人,老了。"阿离说。

阿离说不清那是种什么感受,就像爷爷对着他视频里的脸,他对着太阳花女孩的脸时一样,思维混乱,言辞匮乏,但他一直都记得那天早上。

在那个清晨的槐树下,爷爷仰着头,用竿子的那一端去够那个中国结。他的背有些弯,腰似乎也用不上力。这是阿离第一次从那个角度去看爷爷,那个他早已苍老无力的爷爷。

阿离说得对。爷爷真的老了,老了,老到走了。那一年深秋,阿离跟着父母回到老家,槐树上的那串中国结还在轻轻摇晃,只是不再有青翠的叶片和清脆的鸟鸣，花香也沉睡在一地的黄叶中。

阿离仿佛还能看见，那个清瘦的老爷子正在红色的流苏下扎着马步，双手翻转，滚着那看不见的球。

阿离拿起爷爷的长竿，现在，是他的了。他站在树下，仰起头，用那竿子的一端比画着，去摘那个结。比画了两下，阿离的眼睛忽然湿润了，因为那时候的爷爷也是这样。

那串红红的中国结，被阿离带走了。他将它挂在花园里的橡树上，仿佛一只红色的耳朵，静听风声。

每天早上，阿离会在中国结的下面，打着他的太极拳。隔壁街区每一栋的女孩都会来看他的中国结，也会在早上跑步经过他家时，向花园里望望，看他动作流畅地野马分鬃。

后来，橡树渐渐变粗，变大。

阿离有了自己的女友，不是隔壁街区第五栋房子里的那个金发女孩，也不是让他犯口吃症的太阳花女孩。但那是一个真正的女友，一个不会在下周末的派对就去挽别人手臂的女友。

她会坐在椅子里，呼吸着清新的空气，看阿离在崭新的中国结下打着他的太极拳，就像奶奶曾坐在院子里，闻着槐花香，看爷爷打着太极拳。

而那饱含一世风霜的中国结，在他们头顶的岁月里肆意飘扬，为了别离，为了不再别离。

9. 倒影弯弯

::::::::::::::::::
::::::::::::::::::

纵有千百人从我身上走过，我也会永远记得你。

只因你，在那片江南的烟雨后，走过我的心上。

油纸伞、雨巷、篱墙，梦一般地凄婉迷茫。那丁香一样结着愁怨的姑娘，走进这雨巷。到江南走一趟，一定要买一把油纸伞，再趁着凄婉迷茫的细雨纷飞时，走过雨巷，走上石桥。

但石桥并不是只在西塘。那河上一道又一道斑驳的、静默的石板桥，仿佛一弯又一弯的弦月，浮在水面，牵着倒影，围成一轮又一轮圆圆的满月。

成珈买了一把油纸伞，在细雨纷飞的时日，走过雨巷，走上石桥。她与三两的游客擦肩而过，就像诗人与那个丁香一样结着愁怨的女郎擦肩。

成珈刚刚结束了一场失败的恋爱。

故事中，她是那个被驱逐的失败者，而胜利者，美人落座旧人床。但是，人长这么大，谁没失恋过几次？

朋友小菲安慰成珈："你该高兴，这是你的经验。当你遇见的人渣足够多时，这些渣滓就会凑在一起，为你拼出一个完整的人形，一个你真正需要、真正可以信任和依靠的人。"

成珈觉得，她说得对。成珈是自动退出那个故事的，所以她不是弃妇；

成珈是自己打起精神旅行的,所以她不是怨妇。

站在绵雨稍歇的桥头,成珈忧伤地想到,她当然不是弃妇,也不是怨妇,因为她连"妇"还都不是。辛苦了一大圈,梦醉梦醒了多少次,故事里的人,只有她无名无分。

成珈,成家,她却没有家。

"你背包扣子开了。"一个声音在身后响起。成珈回过头,却只看到油纸伞均匀的伞骨,还有那微漾着油光的伞纸。她将伞向旁微微倾斜,于是一个洁白的男子出现在眼前。

他穿着米色的长裤,青蓝色的T恤,他的身上没有一丝白色,但他就是那样一个洁白的男子,有着净透的目光、清爽的脸颊,连额前的,也是抖擞地一根又一根。

他友善地笑笑。"出来旅行吗?"

"嗯,是的。"成珈回过身去看自己的背包。她想探手将扣子扣好,但手里的伞却摇来摆去。

"把伞给我,我帮你拿着。""谢谢。"

雨又飘了起来,男子举起伞,遮住两人的头顶。成珈埋下头,系着她背包上的扣子。

"你背包里居然还有诗集。"男子饶有兴趣地说,"现在很少有人会背着书走来走去了。"

成珈笑笑,接过油纸伞:"看手机久了我头疼。"

"一种很文艺的病。"

"你从哪里来?"成珈问。他们站在桥头,成珈用她的纸伞,遮住两人头顶的天空。

"我刚搬到这里。"

男子叫烈影，成珈有种错觉，仿佛这是他的艺名。烈影之前的工作，他不肯说，但成珈相信，那是一个高薪、高强度的工作。所以，他才会断然辞职，飘然搬来这座水光悠然的小镇。

"你呢？你为什么来？"

这个小镇的景致并不出名，正是因为这样，成珈才会出现。

"我？我来寻找一个丁香一样结着愁怨的姑娘。"成珈笑着说。

"啊，那你只要低头看看水中的倒影就可以了。"

他们漂在窄窄的河上，摇着窄窄的小桨。烈影在这里买了一间老屋，还买了一条船，他说，这样的生活很好。

"那你以后靠什么生活？"成珈问。

"小镇的生活开销很小，尤其是当你从大城市搬来这里时。"

"话是这样说没错，可你不出去玩吗？不和朋友聚会吗？不……"成珈收住了嘴。因为她看到烈影的眼睛一暗，眸子里，竟也飘出了淡淡的愁怨。其实成珈想问他："不和女朋友约会吗？"

"说了这么久，你还没告诉我你叫什么。"烈影和成珈一起，坐在河水转弯处的一座房子里，小小的厅堂，下临流水。这是烈影的房子，老旧，安静。

"我叫成珈，成长的成，王字旁的珈。"

"王字旁？"烈影兴致盎然地摊开手掌，用手指在掌心摹画着，"什么含义？"

"就是头上的那个绾头发的东西，因为会装饰玉石，所以有王字旁。"

"你结婚了吗？""没……没有。"

"有男朋友吗？""不，也没有。"成珈低下头。

"唉，你这名字白起了。"

于是在这个陌生的水岸小镇,因为多了一个叫烈影的男子,成珈的旅程变得温暖了许多。他们聊着天,走过雨巷,谈着诗踏上石桥,唱着歌在窄窄的河上漂泊,在静默的夜空下,数着星星。

"烈影,镇上有多少桥?"成珈问。他们的小船正穿过一个桥洞。

"不知道,明天我们一起去数数看。"

"可是,我明天就要回去了。"成珈闷闷地说。

"哦,对,你还有工作。"

"是啊……"在星空的倒影下,两个人都沉默了。

"不然……"两个人一起开了口。

"你先说。"烈影说。

"不,你先说吧,你说。"成珈说。

"不然,你安心回去上班,我在这里帮你数桥,反正,我现在也是闲人一个。"

"好啊。"成珈趴在船头,看着小船在星河中漫游。

"你刚才想说什么?""我?我想说的和你一样。"

成珈飘忽的声音,打在水面上,混着潮湿的空气,拂过烈影干净的面庞。于是在星空下,两个人静默了。

第二天,烈影穿了一身的白色,送成珈去车站。白色的麻布上衫,白色的长裤,一切一如成珈所想,他是一个洁白的男子。

在那座相逢的石桥上,烈影拦住一名过客,帮他们拍下一张合影。漫天纷飞的细雨中,他穿着白色,眉目清朗,她撑着纸伞,结满愁怨。

"你会记得我,对吗?还有那些桥。"

"烈影……"成珈从车窗里伸出手,握住烈影的手。

那是同游数日以来,她第一次握住他的手。烈影想,这是第一次,大概,也是最后一次了。因为他会在这个小镇一直一直住下去,而成珈只是小镇的过客，她还要一直一直向前走。

石桥卧在水面上，仿佛弯弯的弦月，诉说着另一半无法言表的相思。

"成珈，小镇上有52座桥，但只有我们相遇的那座，最大，最美，最古老。"

"烈影，你在小镇上过着怎样的生活，悠闲的，愉悦的，抑或是结着愁怨的。"

其实，在那个星光明亮的夜晚，成珈想说：不然，她辞职留下来。

"烈影，我辞职了。"两年后，成珈再回到小镇，这里还是老样子。油纸伞，湿雨巷，河上卧着旧石桥。

成珈还是孤身一人，眉眼间却不再结着愁怨。她撑着油纸伞，站在石桥上。河的那一头，有小船驶来。那是一个洁白的男子，白色的麻布上衫，白色的长裤。他站在船尾，船里是几名学生样的男孩女孩。

成珈屏住呼吸，在江南小镇的烟雨中，望向自己的前生今世，望着那个洁白的男子，微笑地指着石桥。"你们看，那是镇上最大的石桥，距今大约有二三百年的历史了。"

"你看，导游先生，桥上的美女在看我们！"一个男孩说。

年轻的孩子们站起来，争着向桥上的人挥手。

"啊，她吗……她是我的女朋友。"看着成珈的面庞在细雨中清晰，烈影嘴角的笑意浓浓。

"哇！好般配！"孩子们起着哄。

小船稳稳地停在桥下，成珈立在桥上，说着："烈影，我回来了。"

河上的石板桥，仿佛是一弯弦月，牵着水中的倒影，围成一轮圆圆的满月。你撑着油纸伞，穿过雨巷，立在满月的桥头，静静地走在，我的心上。

10. 获奖的 88 键

> 你不需要的，身边的人却如获至宝。而你需要的，可能只是她一张笑颜。

小菲结婚了，嫁入一个音乐家庭。公婆是音乐学院的教授，而丈夫佳信是音乐学院钢琴系的年轻骨干。

小菲也毕业于这所学院，毕业后，她做了一名音乐教师。她上学时成绩平平，对音乐的感悟力很强，创造力却几乎没有。

她最爱听的，是德彪西的《月光》。每每他人问起她早年的成就，她都会笑着摇头。家里有连成串的奖状、码成堆的奖杯、挂满墙的照片，而属于小菲的却只有一份。

那是一张全市青少年钢琴大赛的奖状。老旧的奖状，镶着朴素的相框，稳稳挂在墙上。

小菲从小就喜欢音乐，5 岁时，她开始弹钢琴。那时，她的小手还跨不够八度，小脚还够不到踏板，但她还是很用力地弹着。她说，等她学成，等她长大，她要去音乐学院读书。可是，小菲只是一个普通家庭的孩子。她的父母不懂音乐，她的家庭也没那么富裕。

小菲拼命地练琴，六级、八级、十级；小菲慢慢地长大，十二、十四、十六。

"小菲，以后想考哪个学校？"

"音乐学院啊！"小菲想也不想地回答。父母却总是会四目相对，盘算着昂贵的学费。

艺术总是容易和精英扯上千丝万缕的关系，所以专修艺术的院校，总是面向少数人开放，无论那些人是站在艺术的顶峰，还是财富的顶峰。

"小菲，我们参加今年的市钢琴大赛好吗？"那天，父亲拿着市青少年钢琴大赛的宣传画问她。

"参赛？我可以吗？"小菲喜出望外。

"是啊，你的音乐老师说，如果你在大赛上取得名次，以后考音乐学院的时候会更容易。"父亲接着说。

"而且，这几年大赛的奖金都很丰厚。"母亲忽然插话。小菲看到，父亲的脸沉下来，用眼睛狠狠地瞪着母亲。

"你瞪我干什么？你瞪我，家里就有钱送小菲去学音乐吗？"母亲说。

小菲的母亲，是继母。因为她的母亲离他们而去，父亲在朋友的介绍下，认识了小菲现在的母亲。继母不坏，可小菲总觉得哪里不一样。到底哪里不一样，小菲自己也说不准，总之就是不一样。

小菲心里清楚，参加大赛，既能有名次，也能有奖金。这对小小年纪的她来说，是名利双收的好事。

于是，16岁那年，在音乐老师的指点下，小菲报名参加了当年的全市青少年钢琴大赛。报名之后，她更加刻苦地练琴，而他家的邻居也更加频繁地来敲她家的门。

比赛的选手，远比小菲想象的弱小。不是他们的技巧不够熟练，只是他们对赢得比赛的热望没有她炽烈。

他们在参加比赛，而小菲却在战斗。她在为她的梦想战斗，为她的未来战斗，于是她有了横扫千军的勇猛与决然。

　　直到她在一轮又一轮的比赛中遇见了佳信。小菲牢牢记住了他的名字，还有他的选手牌：38号。那是一个细弱寡言的男生，但他的身上却有着和小菲一样志在必得的气息。他是她的劲敌。

　　当其他的选手在家人陪伴下，坐在休息室里吃吃喝喝时，小菲却独自一人坐在角落里，一声不响掰着她的手指。

　　一瓶纯净水递了过来。"你弹得很好。"

　　小菲抬起头，看看他的选手牌：38号。

　　"谢谢。"小菲说着，却没有伸手去接那瓶水。

　　"休息室里这么热，你不渴吗？"佳信坐到小菲对面。

　　"弹琴不需要用嗓子，当然，除非你想聊天。"小菲回答。

　　佳信不好意思地笑一下，自嘲地说："看来你不想。"他将纯净水放在小菲面前的音响上，自顾自地说下去，"其实，这瓶水是我从会务组办公室拿的，你完全不用领我的情。"

　　小菲转头看过去，但佳信已经走开了。她看看那瓶水，伸手打开，喝了一口。"奇怪，选手也可以进会务组办公室吗？"小菲在心里想着。

　　下轮比赛在一周后，那是他们的最后一轮比赛。选手已经越来越少，但小菲和佳信却都留下了，两人坐在休息室里，有一句没一句地聊天。

　　"你为什么来参加比赛？"佳信问。

　　"因为奖金啊！"小菲想也不想地回答。

　　可当她看到佳信一脸惊愕的表情时，她好像忽然明白了什么。是的，佳信穿着她从来不买的阿迪和耐克，他不会懂钱是什么东西，缺钱又是什么感觉。所以小菲换了个理由。

　　"而且他们说，如果我能拿到第一名，明年报考音乐学院时会容易些。"

佳信点着头，看着小菲朴素的装扮，他好像忽然明白了什么。

"你为什么参加比赛？"小菲问。

"我？"佳信的表情比刚才还要惊愕。

"别跟我说，你是为了好玩才来的。"小菲翻了个白眼。

"呃，也差不多吧……就是我爸说，他们这次的比赛规模比较大，让我来凑凑热闹。"

"你家里是做音乐的？""嗯，算是吧。"

"多好，真羡慕你，不像我，父母都是普通人，对音乐一窍不通。"

"没关系的，很多音乐大师都来自普通人家。"

小菲却摇摇头。"我不会成为音乐大师的，但是，我想进音乐学院。"她抬起头，清亮的眼睛比钢琴上晶莹的琴键还要黑白分明，让佳信有一秒钟的恍惚。

小菲的上场顺序是倒数第三名，而佳信是最后一名。佳信坐在休息室里，听着小菲的琴声，起奏，上扬，高潮，尾声。她弹得很棒。

"下一名选手，22号，顾辛夷。"

小菲下了场，佳信本想向她祝贺，可小菲一进休息室，便哭开了。

"怎么了？不是弹得很好吗？"

"是啊，是很好，对我来说，已经是超常发挥了。"小菲号啕着说。

"那你还哭什么？你比顾辛夷弹得好多啦！比之前那几个选手也好很多。"

"可是，我没有机会了，我已经尽力地弹完了，就只有这样的水平。"小菲擦了一把眼泪，看向佳信，哽咽着说，"虽然我不服气，但我知道，你确实比我强，我再怎么尽力，这次的第一名也是你的，跟我没一毛钱关系。"她摇着头走到一边。

"比赛这种事，谁都说不准的，你不要这样。"佳信说着，走上去想安慰小菲，但小菲却只是说："22号的曲目快结束了，准备一下吧，马上就到你了。"

佳信的曲目，是德彪西的《月光》，一首唯美轻柔的曲子。小菲可以想象，佳信细长的手指按住琴键，如水一般滑动，那乐声真美。

忽然，一个错音，紧接着，又是一个。小菲猛地站起来，手中的水瓶掉在地上，洒了一身一地。

那次比赛，以佳信的失误和小菲的险胜圆满落幕。奖状、奖金、荣誉，小菲尽数坐拥，转头看时，佳信却不知躲向了哪一层幕布之后。

小菲如愿以偿地考入音乐学院，跨进了音乐教育系的大门，她再没见过佳信。直到有一天，她抱着课本，路过一间教室，里面正传出那首唯美轻柔的《月光》。

小菲停下了脚步，里面的人弹得真好。一曲终了，她走进教室，坐在钢琴前的人回过头。"佳信？"

佳信微笑着问候她："小菲。"

小菲看看佳信，又看看钢琴。

"好听吗？"佳信盖上琴盖，交叉着双手放在上面，笑眯眯地问。

"那次比赛……"

"我不是说过吗？比赛这种事，谁都说不准的。"佳信微笑着。小菲抱紧手中的课本，却忽然泪如雨下。

11. 一页未染的本子

> 我在本子上写下你的全部，你却将全部付于天上清风。于是，我的本子从此只字未染。

辛夷并不美丽，但她喜欢收集美丽的本子。

并不是爱那金玉其外的精致，而是恋着提笔落腕时，心中荡漾开的那抹温柔。所以，辛夷有一个习惯：她将自己与身边每个人的故事，用不同的本子记下来。

给父亲的，是黑色的深沉寡言；给母亲的，是红色的赤子之心；给闺密的，是粉色的莺莺细语；给自己的，是蓝色的忧郁伤感。还有一本绘了花草的，是写给那些偶然路过的人，感谢他们，为她的生命添彩增色。

一篇，又一篇，一本，又一本。每个本子都在不断地写着字，一页又一页。

"辛夷，你再这样写下去，以后可以出书了。"朋友苏枝说。

"哪能呢？你以为谁写几篇随笔都能出书的吗？"

"那你天天埋头写这些东西干吗？"

辛夷努力地想了想，关于她为什么要废寝忘食地写。

"大概就是自己想写吧，写完了，就觉得心里特别开心。"不开心的事，写出来，心情就爽朗了；她开心的事，写出来，会觉得很圆满。总之，辛夷需要写，需要用一支笔，记录、感悟、抒发、回顾。

"辛夷，这个本子是干什么的？"一天，苏枝在辛夷的桌面上，发现了一本彩虹色的笔记本。

"啊，那个啊……"辛夷忽然支吾了。在苏枝绵长揶揄的一句"哦"声中，辛夷的脸红了。

那是爱情的颜色，满载着缤纷的心情，眼里是缤纷的世界。火红的炽烈，暖橙的温热，鲜黄的明快，嫩绿的生机，素青的恬静，水蓝的忧伤，还有紫莲般的梦幻。

辛夷并不美丽，但她是可爱的，就像一朵盛开的玉兰花，圆润，光洁，在暖春的阳光下，柔柔地伸展，可辛夷喜欢的男人却是招风的、耍帅的。

男人叫名然，他坐在办公室的最里边，清朗的笑声却总能传到隔壁办公室辛夷的耳边。

名然是公司里的人气之星，而辛夷是公司里的业务之星。

辛夷会在彩虹色的本子里写满他讲的笑话，他的举动，她看到的所有。即使是出差在外，她也会带着她彩虹色的本子。只带这一个本子。

辛夷将所有的目光都投在名然一人身上，也将世间所有的颜色写进一个本子，而其他的本子全被她束之高阁。

辛夷和名然两人，一个人气爆棚，一个能力爆表，他们的关系很好，但也只是很好。辛夷从不说，她偷偷爱上的人是谁，就像名然从来不说，他有没有女友。

那一年公司年会，同事们集体出游，他们包下整个楼层，在酒店里狂欢。

辛夷和苏枝同住在1608号标准间她还带着她的彩虹本子。这已经是她的第三本彩虹，但她和名然之间，还是没有任何故事。

同事们凑在一起最大的欢乐就是打牌，于是他们倾巢出动，流窜各屋，连房门都没有关。

"名然，帮我回房间拿两瓶酒过来！"一名男同事喊道。

"你住哪间？"

"我也忘了，你就出去之后右拐，从电梯往这边数第三个门就是。"

"哦，知道了。"名然出去了，但同事的房间应该是出门向左转。

名然向右转，从电梯向里侧数了三下，推开了1608号的房门。

明显是错了。这是女同事的房间，屋子里还残留着名然熟悉的香水味，但名然却想不起是谁的。他刚想转身出去，却一眼瞥见枕头下露出的几道彩色。

彩虹吗？名然记起来，房间里萦绕的香水味是辛夷的。她总是用这种淡淡的，若有若无的香水。他看看那个只露一角的彩虹色笔记本，辛夷总是伏在它上面写啊写，一刻也不离手，甚至比她写工作笔记还要尽心。这里面写了什么？

名然忽然好奇起来，到底是多么重要的东西，才能让一个业务之星废寝忘食。

每一页，都是他。他穿了怎样的衣服，在餐厅讲着怎样的新闻，在茶水间怎样洗杯子，在办公室怎样喝咖啡，在加班的夜晚怎样和她一起关机锁门。在这个彩虹色绚烂的本子里，他这样，他那样，他很忙。

名然翻着翻着，忽然瞥到一个人影走进房间，还有那股淡淡的若有若无的香水味。

"对不起……我……"名然放下本子。

"没什么，如果要我说实话，我会说，我宁愿你自己看到。"辛夷淡淡地说。

"那，我先走了。"

"等一下。"辛夷却忽然叫住落荒的名然,"我们……在一起,好吗?"

名然愣住了。事情发生得太突然,他不知该如何说那声拒绝。那整整一本,不,是整整三本的思念和注视,将他的心死死缠住。

房间里,她的香水味,她的记事本,还有他偷窥过后的愧疚感,都拼命地嘶吼着:"在一起!在一起!"

"好……好吧。"名然慢慢地吐出这句话,解救了几近窒息的自己。

辛夷和名然在一起了,辛夷却并不见快乐许多。她更加尽心尽力地写着她的笔记,第四本、第五本、第六本。

"辛夷,你们不是在一起了吗?你还记什么?"苏枝问。

"我要把我们在一起的每分每秒都记下来。""为什么?"

"因为幸福的感觉转瞬即逝,我们根本不会想起它,所以我要记下来。"她像一名绝望的信徒,反复诵读着经典的字句,生怕将一个标点漏掉。

当辛夷快要完成她的第七本彩虹时,名然和她分手了。他买来一本淡青灰色的画满蜻蜓的本子,送给辛夷。

"你这是什么意思?"辛夷问,她不怕受伤害,但她怕伤得不明不白。

"我想告诉你,风雨过后,除了能看见彩虹,还有很多蜻蜓。"

"然后呢?"辛夷的眼中有倔强的泪水闪烁。

"然后……彩虹是缥缈的,转瞬即逝,而蜻蜓却是活生生的存在。"

名然常常会想,如果当时没怀揣了一颗卑鄙的好奇心,如果当时不去翻看辛夷的本子,他就不会在震动和心软之下,在窘迫与被动之中,接受辛夷的表白。

彻头彻尾,都是他的过错。他不该窥探辛夷的秘密,更不应该为了逃避责任,盲目地举起另一种责任,一种许诺给她幸福的责任。

他们绕了很大一圈，也没能将那道彩从辛夷的世界，涂抹到名然心里。他们完全是在浪费时间，世界上还有那么多的蜻蜓在飞。而他并不爱她。

名然想，辛夷那一本一本的笔记，写的其实不是名然，而是辛夷眼中的名然。她用那样的眼神望向他，他便是那样的一个人，一个有着光环的、色彩夺目的人。

而名然其实不是那样的一个人。

辛夷将她彩虹色的本子收起，一共七本。她将它们和自己曾经写过的本子收在一起，不再翻看。

名然留下的淡青灰色本子，辛夷一直摆在桌上，若脏了，就用橡皮擦一擦。她每天都翻看着这个本子，却一个字也没再写。

"辛夷，这个本子，你什么都没有写？"

"是的，没有写。""为什么不写了？"

"因为悲伤的感觉纠缠不休，我们根本无法忘记它，所以不需要我记。"

辛夷并不怪谁，她知道，她的心事只能封存在那一本本的笔记中。她与名然，也只是一段发生在本子里的故事。在那一页一页的期盼中，流动着她所有的心思，而当她终于没有留住他，她还有无数的本子。

那一页未染的本子，记满她空白的心事。

12. 点墨浓香

有些人，只在我们的生命中轻轻一点，便留下了千丝万缕的痕迹。那痕迹慢慢地扩散开来，慢慢地渗透进去，时光静候，不知不觉间，它竟成了生命中不可或缺的全部。

"啪"，一滴浓墨跌入清水，慢慢地散开，一丝一缕，千丝万缕，极美。每每看到墨与水相伴纠缠的舞姿，苏枝眼前总会浮现起那满墙的山水丹青，画在师兄的家里。

苏枝学国画时，有一个师兄。师兄和她同岁，却是名副其实的师兄，无论是在从师的时间上，还是在画功上。

苏枝小时候可爱而讨巧，师傅喜欢她，师兄也喜欢。后来，苏枝上学、考试、热恋、失恋，慢慢地，国画荒废了，和师兄的联系也日渐稀少。

当她大学毕业回到家乡，每天迷茫地过着日子，师兄却忽然找到她。"苏枝，你多久不画画了？"

"很久了吧。""有空了到我这儿来，我有东西给你。"

师兄住的地方，伴着一条河，河边种满柳树。当春风吹起漫天飞絮，苏枝站到了师兄家门前。

师兄的家里摆满纸墨，到处是散开的画轴和干瘪的画笔。

"师兄，你这哪是家，分明是狗窝。"苏枝说。师兄笑笑，拿出一个不大的盒子，递给苏枝。"给你的。"

盒子里，是一方小小的砚台。荷花形，圆叶为砚，荷花相伴。

"真好看，可我现在不画了啊！""不画也可以留着玩嘛。"师兄一愣，说道。

"你怎么想起送我这个？""你不记得了？"师兄诧异地看着苏枝。

苏枝低头看看砚台。荷花砚，荷花……

"师兄，帮我画个荷花吧，求你了。""不行，师傅说让你自己画的。"

在老旧的院子里，幼小的苏枝和师兄一起，画着一缸荷花。时不时有蜻蜓和蝴蝶飞过，苏枝总会仰起头出神地看着。

"苏枝，墨要掉下来了。""啊！"

苏枝低头看去，那滴墨汁正挂在笔尖，摇摇欲坠，她忙将笔按在砚台上。"呼……好险。"若是师傅看到纸上落了墨，一定会训斥她走神。

看看师兄，一幅荷花跃然眼前，而自己面前的纸上，只有干巴巴的几片叶子。"师兄，你就帮我画两笔吧，我要画不完了。"

"就和你说不要走神。"师兄叹口气，四下看看，伸手几笔在苏枝的画上勾出几朵荷花，"自己往下画。"

"师兄你对我最好了！"苏枝一把抓住师兄的胳膊摇着。

"苏枝啊，这次的荷花画得不错。"师傅说。

"啊，是吗……"苏枝嘟囔着。

"嗯，和你师兄的很像。"苏枝不敢出声，站在一旁的师兄也低下了头。

"苏枝你过来。"师傅说。

苏枝小步蹭过去，"你看这里啊，你这里用笔太轻，墨色也调得不够浓，叶子却画得太重，你按我说的，再画一朵花。"

"现在吗？""对，现在。"

苏枝硬着头皮握起笔，画了一朵荷花。但她和师兄画的一点都不像。

"苏枝啊，你还需要多多练习，那方荷花砚，就先给你师兄用吧。"

"师傅！"苏枝傻眼了。那方荷花砚是师傅的爱物，苏枝求了很多次，师父都不肯给她。后来被苏枝缠得厉害，师傅才勉强答应，若她好好学画，就将砚台送给她。谁知……

苏枝还记得，因为这件事，她很长一段时间都不理师兄。而现在，那方砚台就拿在她手里，她却早已没了曾经的渴望。

"我不要了，我拿去真的没用，师傅说得没错，你一直都比我画得好。"苏枝将砚台塞回师兄手里。

"可你生日……"

苏枝愣住了。原来，这是师兄送她的生日礼物，却被她神经大条地当面拒收。结果师兄只好提出，为她画一幅画像作礼物。

画像那天，苏枝穿了一袭白裙。她轻飘飘地走过河岸，踏进门厅，又在师兄凝神静视的目光中，轻飘飘地走进画室。一进画室，苏枝便惊呆了。

画室里，正对着窗口的那面墙上，画着一幅巨大的山水画。"你……你怎么把它画墙上了？"苏枝结结巴巴地说，"这么好的画，画在墙上就摘不走了啊！"

"我本来也不打算搬家。"

静立在画室中央，看着师兄在纸上泼墨，苏枝忽然有种时空交错的感觉。这画面像极了她在小说中读到的故事。故事里，才子俯首画佳人，佳人却在画中笑。

师兄的画,画了大半天。于是画完后,两人简单地吃过下午饭,到河岸散步。

春风携柳絮,吹过苏枝的裙摆,她立在河边,仿佛一座守望千年的人像,从浓淡有无的曾经,走进丹青依旧的如今。苏枝迎着风张开手臂,看向身后走来的师兄。"怎么样?我美吗?"

"美,不过你最好小心点,昨天刚下完雨,这里的河岸……苏枝!"

这里的河岸果然很陡,苏枝还没有听到这句话说完,便整个滑入水中。河岸不但陡,还因为下雨变得湿滑,苏枝顺着斜坡直落入河中,转头看时,已经离河岸几米远。

苏枝心里一慌,她不会游泳。水很凉,重重地压在苏枝胸口,紧紧地包裹着她,向下拖去。"师兄!"苏枝惊慌地伸出手。

他已经跳进了河里。"不要乱动!"

苏枝开始下沉,她在水面使劲扑腾,完全忘了师兄叫她不要乱动。

在一片击水声和混乱的喘息声中,苏枝被拖上了岸。

"苏枝你个笨蛋!站在河边也能掉下去!"师兄浑身湿透,气急败坏地吼她。

苏枝只是惊慌地喘着粗气,坐在地上发愣。师兄忙探下身,看着苏枝问:"怎么了?呛水了吗?你倒是说话啊!"

不料苏枝猛地抬起手臂,一把抱住他的脖颈,号啕大哭。师兄没有防备,被苏枝扯得坐到地上。于是在陡峭湿滑的河岸上,两个浑身湿透的人坐在一起,一个哭,一个哄。

坐在画室里,苏枝裹着床单,喝着热茶,起劲地擦着头发,看着师兄将洗净的白裙子挂到窗口。"师兄,什么时候能干?"

"怎么也得一两个小时,你就乖乖等着吧,谁让你刚才那么不老实的。"师兄已经换了一套干净的衣服,但苏枝只能围着床单,等裙子自然风干。

她静静地坐着,看裙子随风摆动,仿佛美人羽衣。师兄不再理她,只是低头画他的画,他手中的笔在苏枝眼前飞动,仿佛她的裙子在窗口摇摆。

"师兄。""嗯?"

"我掉下去的时候什么样?""能什么样?就是扑通一声呗。"

"那,我姿势是不是很难看?""白痴,那种时候谁看你姿势。"

苏枝噘嘴:"枉我穿了这么飘逸的白裙,哪怕是落水,也应该有水下婚纱的效果啊。"

师兄抬头看她一眼,之后,带着一脸懒得理她的表情,转身出去了,留下苏枝没趣地坐在原地,看着裙子飘动。

师兄回来时,将一个盛满水的杯子摆在苏枝面前。

"自来水,不是给你喝的。"

苏枝吐吐舌头,收回手。接着,师兄拿着笔走过来,将画笔悬在杯上。

慢慢地,一滴墨在笔尖处汇聚,越来越大,越来越垂,最后"啪"一声,落入杯中。之后他走回去,继续画他的画。

浓墨在清水中慢慢散开,一丝一缕,千丝万缕,相伴纠缠……极美。师兄在杯中飘忽的身影,忽然多了种清逸的味道。

"苏枝,你刚刚的样子就像这滴墨,散开在河水中,很美,美得让我以为,我再也握不住你……"

苏枝的眼睛忽然潮湿了。那滴浓墨,只一点,却在画室里,散开浓浓的香。

许多年前,一个小女孩扯着少年的手臂,欢叫着说:"师兄你对我最好了!"

图书在版编目(CIP)数据

缘来都是爱:那些盛开在青春的缱绻故事 / 亭后西栗著.
—北京:中国华侨出版社,2015.9

ISBN 978-7-5113-5655-0

Ⅰ.①缘… Ⅱ.①亭… Ⅲ.①随笔-作品集-中国-当代 Ⅳ.①I267.1

中国版本图书馆 CIP 数据核字(2015)第 217203 号

缘来都是爱:那些盛开在青春的缱绻故事

著　　者 / 亭后西栗
责任编辑 / 文　筝
责任校对 / 孙　丽
经　　销 / 新华书店
开　　本 / 670 毫米×960 毫米　1/16　印张/16　字数/240 千字
印　　刷 / 北京建泰印刷有限公司
版　　次 / 2016 年 6 月第 1 版　2016 年 6 月第 1 次印刷
书　　号 / ISBN 978-7-5113-5655-0
定　　价 / 29.80 元

中国华侨出版社　北京市朝阳区静安里 26 号通成达大厦 3 层　邮编:100028
法律顾问:陈鹰律师事务所
编辑部:(010)64443056　　64443979
发行部:(010)64443051　传真:(010)64439708
网址:www.oveaschin.com
E-mail:oveaschin@sina.com